SEMPRE TEREMOS O VERÃO

SEMPRE TEREMOS O VERÃO

Jenny Han

TRADUÇÃO DE ANA RODRIGUES

Copyright © 2011 by Jenny Han
Publicado mediante acordo com Folio Literary Management, LLC
e Agência Riff

TÍTULO ORIGINAL
We'll Always Have Summer

EDIÇÃO
Cristiane Pacanowski | Pipa Conteúdos Editoriais

PREPARAÇÃO
Giu Alonso

REVISÃO
Rayssa Galvão
Juliana Werneck

DIAGRAMAÇÃO
Julio Moreira | Equatorium Design

CIP-BRASIL. CATALOGAÇÃO NA FONTE
SINDICATO NACIONAL DOS EDITORES DE LIVROS, RJ

H197s

    Han, Jenny
Sempre teremos o verão / Jenny Han ; tradução Ana Rodrigues. -
1. ed. - Rio de Janeiro : Intrínseca, 2019.
    256 p. ; 21 cm.

    Tradução de: We'll always have summer
    ISBN 978-85-510-0448-7

    1. Ficção americana. I. Rodrigues, Ana. II. Título.

18-53469   CDD: 813
                                CDU: 82-3(73)

[2019]

Todos os direitos desta edição reservados à
EDITORA INTRÍNSECA LTDA.
Av. das Américas, 500, bloco 12, sala 303
22640-904 – Barra da Tijuca
Rio de Janeiro – RJ
Tel./Fax: (21) 3206-7400
www.intrinseca.com.br

Para minhas duas Emilys:
Emily Van Beek, a minha embaixadora de quan;
Emily Thomas Meehan — vamos ficar juntas para sempre!
Da sua garota, com amor

Quando eu era pequena, passava as noites de quarta-feira assistindo a musicais antigos com minha mãe. Era uma coisa só nossa. Às vezes, meu pai ou Steven assistiam um pouco também, mas quase sempre éramos minha mãe e eu no sofá, com uma manta no colo e uma tigela de pipoca salgada e doce.

Vimos *The Music Man*, *Amor, sublime amor*, *Agora seremos felizes* — eu gostava desses, e adorava *Cantando na chuva*, mas nada se comparava ao meu amor por *Bye Bye Birdie*. De todos os musicais, *Bye Bye Birdie* era o meu favorito. Assistia sem parar, quantas vezes minha mãe aguentasse.

Como Kim MacAfee, eu queria usar rímel, batom e sapatos de salto alto, e ter aquela aura de "mulher adulta feliz". Queria ouvir os garotos assobiarem e saber que era para mim. Queria crescer e ser exatamente como Kim, porque ela com certeza conseguiu reunir tudo isso.

Depois, quando chegava a hora de dormir, eu cantava: "Amamos você, Conrad, ah, amamos, sim. Amamos você, Conrad, e vamos ficar juntos no fim" diante do espelho do banheiro, com a boca cheia de pasta de dentes. Eu cantava com toda a paixão dos meus oito, nove, dez anos, mas não para o Conrad Birdie do filme, e sim para o *meu* Conrad. Conrad Beck Fisher, o garoto dos meus sonhos pré-adolescentes.

Só havia amado dois garotos — os dois com sobrenome Fisher. Conrad foi o primeiro, e eu o amei como só é possível amar um primeiro amor. É aquele tipo de amor que não tem limites e não quer ter — é estonteante, bobo e intenso. O tipo de amor que só acontece uma vez.

Então veio Jeremiah. Quando eu olhava para ele, via passado, presente e futuro. Ele não conheceu só a garota que eu havia sido; Jeremiah conhecia a garota que eu era naquele momento e me amava mesmo assim.

Meus dois grandes amores. Acho que eu sempre soube que um dia seria Belly Fisher. Só não sabia que seria desse jeito.

1

Quando você está no fim da semana de provas e estudando há cinco horas direto, três coisas são necessárias para sobreviver à noite: a maior raspadinha que conseguir encontrar, metade sabor cereja, metade Coca-Cola. Uma calça de pijama lavada tantas vezes que já está puída. E, por último, pausas para dançar — muitas pausas para dançar. Quando seus olhos começam a se fechar e tudo que você quer é sua cama, pausas para dançar dão forças para seguir em frente.

Eram quatro da manhã, e em algumas horas eu faria minha última prova do primeiro ano na Finch University. Estava acampada na biblioteca do alojamento com minha nova melhor amiga, Anika Johnson, e minha antiga melhor amiga, Taylor Jewel. As férias de verão estavam tão próximas que eu quase conseguia sentir o gostinho. Só faltavam cinco dias. Eu vinha fazendo a contagem regressiva desde abril.

— Me faça uma pergunta — ordenou Taylor, rouca.

Abri meu caderno em uma página aleatória.

— Defina *anima* e *animus*.

Taylor mordiscou o lábio inferior.

— Me dá uma dica.

— Humm... pense em latim.

— Não sei latim! Vai cair latim na prova?

— Não, eu só estava tentando dar uma dica. Em latim, os nomes de garoto terminam em *us*, e os de garota, em *a*; e *anima* é o arquétipo feminino, enquanto *animus* é o arquétipo masculino. Sacou?

Ela soltou um enorme suspiro.

— Não. Vou ser reprovada com certeza.

Anika ergueu os olhos do caderno, dizendo:

— Se você parar de bater papo no celular e começar a estudar, talvez isso não aconteça.

Taylor a encarou, irritada.

— Estou ajudando uma amiga da irmandade a planejar o café da manhã de fim de ano letivo, então preciso ficar de plantão hoje à noite.

— De plantão? — Anika pareceu achar divertido. — Tipo uma médica?

— Isso, exatamente como uma médica.

— E aí, vai ter panquecas ou waffles? — provocou Anika.

— Croissants, se quer mesmo saber — retrucou Taylor.

Nós três estávamos cursando a mesma matéria de psicologia — eu e Taylor faríamos a prova no dia seguinte, e Anika, um dia depois. Além de Taylor, Anika era minha amiga mais próxima na faculdade. E como Taylor era bem competitiva, sentia muitos ciúmes da nossa amizade — o que ela jamais admitiria.

Minha relação com Anika era diferente da que eu tinha com Taylor. Anika era tranquila e fácil de lidar, não saía logo criticando. Mais que isso, na verdade. Ela *me* dava espaço para ser eu mesma. Não sabia de toda a minha vida, por isso não tinha expectativas ou ideias preconcebidas a meu respeito, o que fazia com que eu me sentisse muito livre. Nunca tive uma amiga como ela. Anika era de Nova York; o pai tocava jazz e a mãe era escritora.

Algumas horas mais tarde, o sol começou a nascer, iluminando a biblioteca com uma luz azulada. Taylor descansava a cabeça na mesa, e Anika encarava o nada, feito um zumbi.

Amassei duas bolinhas de papel e joguei nas minhas amigas.

— Pausa pra dançar — anunciei, apertando o play no meu notebook e fazendo uma dancinha na cadeira.

Anika me encarou, emburrada.

— Por que você está tão animada?

— Porque em poucas horas tudo já vai ter acabado — respondi, batendo palmas.

Minha prova era só a uma da tarde, por isso meu plano era voltar para o quarto e dormir por algumas horas, então acordar ainda a tempo de estudar mais um pouco.

Dormi além do que deveria, mas mesmo assim consegui estudar por mais uma hora. Não tive tempo de tomar café no refeitório, então peguei uma Cherry Coke da máquina de refrigerantes.

A prova foi tão difícil quanto esperávamos, mas eu tinha certeza de que conseguiria tirar pelo menos um B. Taylor acreditava que não se daria tão mal, ainda bem. Nós duas estávamos cansadas demais para comemorar, por isso só nos cumprimentamos com um *high-five*, e cada uma seguiu seu caminho.

Voltei para o quarto, pronta para apagar pelo menos até a hora do jantar, mas, quando abri a porta, lá estava Jeremiah, dormindo na minha cama. Ele parecia um garotinho quando dormia, mesmo com a barba por fazer. Estava esparramado em cima do edredom, os pés pendurados para fora da cama, abraçando meu urso-polar de pelúcia.

Tirei os sapatos e me acomodei ao lado dele na cama de solteiro. Jeremiah se espreguiçou, abriu os olhos e me cumprimentou:

— Oi.

— Oi.

— Como foi a prova?

— Bem.

— Que bom. — Ele soltou Junior Mint, o urso, e me puxou para um abraço. — Trouxe metade do meu sanduíche pra você almoçar.

— Você é um amor — respondi, aconchegando a cabeça no ombro dele.

Jeremiah beijou meu cocuruto.

— Não posso deixar minha namorada ficar sem comer.

— Só perdi o café da manhã — retruquei, acrescentando em seguida: — E o almoço.

— Quer o sanduíche? Está na minha mochila.

Pensei um pouco. Percebi que estava com fome, mas também com sono.

— Talvez mais tarde — falei, e fechei os olhos.

Ele voltou a dormir, e eu também caí no sono. Quando acordei, já estava escuro, Junior Mint tinha caído no chão, e os braços de Jeremiah estavam ao meu redor. Ele ainda dormia.

Começamos a namorar no início do meu último ano do ensino médio. Bem, "namorar" não parecia a palavra certa para descrever nosso relacionamento; simplesmente estávamos juntos. Tudo aconteceu tão depressa e foi tão fácil que parecia que sempre havia sido daquela maneira. Em um minuto éramos amigos, no outro, estávamos nos beijando, então, quando me dei conta, estava me matriculando na mesma faculdade que ele. Disse a mim mesma e a todo mundo (inclusive a Jeremiah, e principalmente a minha mãe) que era uma boa universidade, que ficava a poucas horas de casa e que fazia sentido eu estudar ali, e que também estava mantendo minhas opções em aberto. Tudo isso era um fato. Mas a grande verdade era que eu só queria ficar perto dele. Queria estar com Jere em todas as estações, não apenas no verão.

Então estávamos ali, deitados um ao lado do outro na cama do meu quarto no alojamento da universidade. Ele estava no segundo ano, e eu estava terminando o primeiro. Era muito louco como havíamos chegado longe. Nós nos conhecíamos desde sempre e, se de certo modo parecia uma grande surpresa estarmos juntos, por outro lado parecia inevitável.

2

A fraternidade de Jeremiah fez uma festa para comemorar o fim do ano letivo. Em menos de uma semana iríamos para casa passar o verão e só voltaríamos no final de agosto. Eu sempre fui apaixonada pelo verão, mas, agora que finalmente estava indo para casa, me sentia um tanto melancólica. Já tinha me acostumado a tomar café da manhã com Jeremiah todos os dias no refeitório, a lavar minha roupa na lavanderia da fraternidade dele, tarde da noite. Jeremiah era expert em dobrar minhas camisetas.

Naquele verão, ele ia estagiar de novo na empresa do pai, e eu arranjara um emprego como garçonete no Behrs, o mesmo restaurante em que trabalhara no verão anterior. Nosso plano era nos encontrarmos na casa de praia em Cousins o máximo possível. No ano anterior, não conseguimos ir para lá nem uma vez, por causa do trabalho. Peguei todos os turnos que podia para guardar dinheiro para a faculdade, mas eu me senti oca por dentro — era o meu primeiro verão longe de Cousins.

Havia alguns vaga-lumes do lado de fora. Já começava a escurecer, e a noite estava fresca. Estava calçando sapatos de salto — uma estupidez, já que, por impulso, tinha resolvido caminhar em vez de pegar o ônibus. Eu tinha me dado conta de que aquela seria a última vez em muito tempo que atravessaria o campus em uma noite bonita como a que estava fazendo.

Eu havia convidado Anika e outra amiga nossa, Shay, para virem comigo, mas Anika tinha uma festa da companhia de dança, e Shay já terminara as últimas provas e pegara o avião para o Texas. A irmandade de Taylor também estava dando uma festinha, por isso ela não pôde vir. Éramos só eu e meus pés doloridos.

Mandei uma mensagem para Jeremiah mais cedo, avisando que estava a caminho e que decidira ir a pé, por isso demoraria um pouco. Tinha que parar e ajeitar os sapatos toda hora, que estavam machucando o calcanhar. Foi realmente uma idiotice usar sapatos de salto.

No meio do caminho, encontrei Jere sentado no meu banco favorito. Ele se levantou ao me ver.

— Surpresa!

— Não precisava ter vindo — falei, mas estava feliz por ele estar ali.

Eu me sentei no banco também.

— Você está incrível — disse ele.

Mesmo depois de dois anos de namoro, eu ainda enrubescia quando Jeremiah dizia coisas assim.

— Obrigada.

Estava usando um vestido leve que tinha pegado emprestado de Anika. Era branco com florezinhas azuis, de alcinhas com babados.

— Esse vestido me lembra *A noviça rebelde*, mas de um jeito sexy.

— Obrigada — repeti.

Depois fiquei me perguntando se aquele vestido *realmente* me fazia parecer com *Fräulein* Maria, o que não soava nada bom. Alisei um pouco o babado das alças.

Dois caras que não reconheci pararam para cumprimentar Jeremiah, mas continuei sentada no banco descansando os pés.

Quando os dois foram embora, ele chamou:

— Pronta?

Gemi.

— Meus pés estão me matando. Foi uma idiotice ter colocado salto.

Jeremiah se inclinou para a frente e disse:

— Então pode subir, mocinha!

Eu ri e subi nas costas dele. Sempre ria quando ele me chamava de "mocinha". Não conseguia evitar. Era engraçado.

Jeremiah ergueu o corpo, e passei os braços pelo pescoço dele.

— Seu pai vem na segunda-feira? — perguntou, enquanto atravessávamos o gramado principal.

— Vem. Você vai ajudar, não é?

— Como assim? Já estou carregando você pelo campus. Agora também tenho que ajudar na mudança?

Dei um tapinha na cabeça dele, que se abaixou.

— Ok, está bem.

Assoprei com a boca colada no pescoço dele, que gritou feito uma criancinha. Ri o caminho todo.

3

As portas da casa da fraternidade de Jeremiah estavam abertas, e as pessoas se espalhavam pelo gramado da frente. Pisca-piscas multicoloridos tinham sido pendurados aleatoriamente por toda parte — na caixa de correio, na varanda, até mesmo ao longo do meio-fio. Vi três piscinas infantis infláveis, que as pessoas estavam usando como se fossem ofurôs. Os caras andavam para cima e para baixo com pistolas d'água cheias de cerveja, jogando a bebida na boca um do outro. Algumas garotas estavam de biquíni.

Desci das costas de Jeremiah e tirei os sapatos, já no gramado.

— Os candidatos fizeram um belo trabalho — comentou Jere, assentindo para as piscininhas com satisfação. — Trouxe biquíni?

Balancei a cabeça, negando.

— Quer que eu veja se uma das meninas tem algum sobrando? — ofereceu ele.

— Não, não precisa — respondi, mais que depressa.

Eu conhecia os irmãos de fraternidade de Jeremiah porque passava algum tempo na casa deles, mas não conhecia as garotas muito bem. A maior parte era da irmandade Zeta Phi, ligada à fraternidade de Jeremiah — o que significava que eles faziam reuniões e festas juntos, esse tipo de coisa. Jere queria que eu me candidatasse para a Zeta Phi, mas recusei. Eu havia dito que não tinha como pagar as taxas e os custos extras de viver em uma casa de irmandade, mas a verdade era que eu queria fazer amizade com todo tipo de garota, e não apenas o grupo restrito da casa. Queria ter uma experiência mais ampla na universidade, como minha mãe sempre dizia. Segundo Taylor, na Zeta Phi as garotas só queriam saber de pegação e festas, o oposto da irmandade dela, que, supostamente, era mais exclusiva e certinha — e muito mais focada em serviços comunitários, acrescentara, depois de pensar melhor.

Toda garota por que passávamos o cumprimentava com um abraço. Elas me davam um oi, e eu respondia com outro.

Subi para deixar minha bolsa no quarto de Jere e, ao descer, eu a vi.

Lacie Barone, de jeans skinny, camiseta de seda e sapatos vermelhos de salto — que a deixavam com no máximo 1,62 metro —, conversava com Jeremiah. Lacie era a responsável pelas relações públicas da Zeta Phi, e estava no terceiro ano da faculdade — era um ano mais velha que Jere e dois anos mais velha que eu. Tinha cabelo castanho-escuro, que usava em um corte estilo *long bob*, e era baixinha e magrinha. Era, para os padrões de qualquer um, gostosa. De acordo com Taylor, Lacie estava a fim de Jeremiah. Falei para Taylor que não me incomodava nem um pouco com isso, e era verdade. Por que me importaria?

É claro que as garotas ficariam a fim de Jeremiah. Ele era o tipo de cara que as meninas adoravam. Mas mesmo uma garota bonita como Lacie não nos afetava. Éramos um casal havia anos. Eu o conhecia melhor que ninguém e vice-versa. E sabia que Jere nunca olharia para outra garota.

Jeremiah me viu e acenou para que eu me aproximasse. Fui até eles e cumprimentei:

— Oi, Lacie.

— Oi.

Jere me puxou para perto.

— Lacie vai estudar em Paris no outono — contou ele, se virando para a amiga e comentando: — Queremos fazer um mochilão pela Europa no verão que vem.

Ela tomou um gole da cerveja e falou:

— Que legal. Por quais países?

— Com certeza vamos à França — disse Jeremiah. — Belly é fluente em francês.

— Na verdade, não — retruquei, constrangida. — Só sei o que aprendi no colégio.

— Ah, meu francês também é terrível — comentou Lacie. — Só quero ir à França pra me entupir de queijo e chocolate.

Sua voz era surpreendentemente rouca para uma pessoa tão pequena. Eu me perguntei se Lacie fumava. Ela sorriu para mim, e concluí que Taylor estava errada: Lacie era legal.

Quando ela se afastou para pegar um drinque, alguns minutos mais tarde, comentei:

— Ela é gente boa.

Jeremiah deu de ombros e só respondeu:

— É, sim. Quer que eu pegue uma bebida pra você?

— Claro.

Ele me guiou pelos ombros e me deixou sentada no sofá.

— Fique aqui. Não mova um músculo. Volto logo.

Eu o observei abrir caminho em meio à multidão e fiquei orgulhosa por poder dizer que ele era meu. Meu namorado, meu Jeremiah. O primeiro garoto com quem já dormi. O primeiro a quem contei sobre a vez em que sem querer vi meus pais transando, quando tinha oito anos. O primeiro que saiu para comprar analgésico para mim quando eu estava com muita cólica; o primeiro que pintou minhas unhas dos pés; que segurou meus cabelos enquanto eu vomitava, na vez em que fiquei superbêbada na frente dos amigos dele. O primeiro que escreveu um bilhete romântico no quadro branco do lado de fora do meu quarto, no dormitório.

> VOCÊ É O LEITE DO MEU NESCAU,
> para sempre e mais um pouco. Te amo, J.

Ele foi o primeiro garoto que beijei. Era o meu melhor amigo. Cada vez mais, eu compreendia: era assim que tinha que ser. Ele era o cara certo. O *meu* cara certo.

4

Mais tarde naquela noite, dançamos. Meus braços ao redor do seu pescoço, a música pulsando. Eu me sentia quente e cheia de energia, da dança e da bebida. Tinha muita gente lá, mas, quando Jere olhava para mim, não havia mais ninguém. Só nós dois.

Jeremiah prendeu uma mecha dos meus cabelos atrás da orelha. Depois disse alguma coisa que não consegui ouvir.

— O quê? — gritei.

Ele gritou de volta:

— Nunca corte o cabelo, está bem?

— Mas eu tenho que cortar! Senão vou acabar parecendo... uma bruxa.

Jeremiah tocou a própria orelha.

— Não estou ouvindo!

— Bruxa!

Balancei os cabelos para enfatizar o que dizia e fingi mexer um caldeirão e gargalhar.

— Gosto de você que nem uma bruxinha — respondeu ele no meu ouvido. — Que tal só aparar?

— Prometo não cortar o cabelo curto se você prometer desistir de ter barba! — gritei.

Jeremiah vinha falando em deixar a barba crescer desde o Dia de Ação de Graças, quando alguns amigos dele do ensino médio começaram uma disputa para ver quem conseguia ficar com a barba mais longa. Pedi a ele que não fizesse isso de jeito nenhum, porque me lembrava demais o meu pai.

— Vou pensar a respeito — retrucou Jeremiah, e me beijou.

Ele estava com gosto de cerveja; provavelmente, eu também.

Então, Tom, seu irmão de fraternidade — também conhecido como Redbird, por razões que eu desconhecia —, nos viu e veio correndo feito um touro na direção de Jeremiah. Estava de cueca e carregava uma garrafa de água. E não era uma cueca boxer: era uma sunguinha.

— Separa, separa! — gritou.

Os dois começaram a se bater de brincadeira, e, quando Jeremiah conseguiu prender Tom em um mata-leão, a garrafa cheia de cerveja virou em cima de mim, molhando o vestido de Anika todo.

— Foi mal, foi mal — murmurou ele. Quando Tom estava bêbado, dizia tudo duas vezes.

— Tudo bem — falei, espremendo a saia e tentando não olhar para a parte de baixo do corpo dele.

Fui para o banheiro limpar o vestido, mas tinha uma fila enorme, por isso segui para a cozinha. As pessoas estavam tomando shots eróticos em cima da mesa. Luke, outro irmão de fraternidade de Jeremiah, lambia sal do umbigo de uma ruiva.

— Oi, Isabel — cumprimentou ele, erguendo os olhos.

— Hum, oi, Luke — respondi.

Então vi uma garota vomitando na pia e saí correndo dali.

Subi para usar o banheiro do andar de cima. No topo da escada, passei por um cara e uma garota sentados em um degrau e se agarrando, e sem querer pisei na mão dele.

— Desculpe! — falei, mas ele nem pareceu notar; estava com a outra mão dentro da blusa da garota.

Quando finalmente consegui entrar no banheiro, tranquei a porta e deixei escapar um breve suspiro de alívio. Aquela festa estava mais louca que o normal. Com o fim das provas e do semestre, todos estavam relaxando. Fiquei até satisfeita por Anika não ter ido; aquele não era o tipo de ambiente para ela... Não que fosse para mim.

Esfreguei sabonete líquido nas partes úmidas do vestido e torci para que não ficasse manchado. Alguém tentou abrir a porta, e eu gritei:

— Só um instante.

Enquanto tentava limpar a roupa, ouvi garotas conversando do lado de fora. Não prestei muita atenção até identificar a voz de Lacie.

— Ele está muito gato hoje, né?

Outra voz comentou:

— Ele sempre está muito gato.

A voz de Lacie estava arrastada quando voltou a falar:

— Pior que é verdade.

A outra garota falou:

— Morro de inveja por você ter ficado com ele.

Em uma vozinha cantada, Lacie retrucou:

— O que acontece em Cabo fica em Cabo.

De repente, me senti zonza. Apoiei as costas na porta do banheiro para me equilibrar. Não era possível que ela estivesse falando do Jere. Não mesmo.

Alguém bateu à porta, e levei um susto.

Sem pensar, abri. Lacie levou a mão à boca ao me ver. A expressão em seu rosto foi como um soco no estômago, como se alguém tivesse me golpeado. Podia ouvir as outras garotas prendendo a respiração, mas tudo pareceu muito distante. Passei por elas e desci o corredor me sentindo uma sonâmbula.

Eu não conseguia acreditar. Não era possível que fosse verdade. Não o meu Jere.

Fui para o quarto dele e tranquei a porta. Me sentei na cama encolhendo os joelhos junto ao peito, repensando o que tinha acabado de escutar. *O que acontece em Cabo fica em Cabo.* A expressão no rosto de Lacie, as outras garotas de boca aberta. A cena ficava se repetindo na minha mente sem parar, como um filme. Os dois conversando naquela noite. O modo como ele deu de ombros quando eu disse que ela era legal.

Eu precisava ter certeza. Precisava ouvir aquilo de Jeremiah.

Saí do quarto e fui atrás dele. Enquanto procurava, sentia o choque se transformando em raiva. Abri caminho pela multidão.

— Ei! — reclamou uma garota bêbada, a voz arrastada, quando pisei em seu pé, mas não parei para me desculpar.

Finalmente encontrei Jeremiah parado do lado de fora, tomando cerveja com colegas da fraternidade. Pela porta aberta, chamei:

— Preciso falar com você.

— Só um segundo, Bells — pediu ele.

— Não, agora.

Os caras que estavam com Jeremiah gargalharam e disseram:

— Iiiih, tem alguém encrencado.

— Fisher vai entrar no chicote!

Esperei.

Jeremiah deve ter percebido alguma coisa nos meus olhos, porque me acompanhou até dentro de casa, escada acima, até o quarto dele. Fechei a porta.

— O que aconteceu? — perguntou Jere, todo preocupado.

Praticamente cuspi as palavras.

— Você ficou com a Lacie Barone durante as férias?

O rosto dele ficou muito pálido.

— O quê?

— Você ficou com a Lacie?

— Belly...

— Eu sabia — sussurrei. — Eu sabia!

Mas não sabia, não com certeza. Eu não sabia de nada.

— Espera, espera.

— Esperar?! — gritei. — Meu Deus, Jere! Não acredito!

Caí no chão. Minhas pernas não conseguiam me sustentar.

Jeremiah se ajoelhou ao meu lado e tentou me levantar, mas bati nas mãos dele para afastá-las.

— Não encosta em mim!

Ele se sentou e enfiou a cabeça entre os joelhos.

— Belly, a gente estava dando um tempo na época. Tínhamos terminado.

Eu o encarei.

Nosso suposto rompimento mal durou uma semana! Não foi nem um rompimento de verdade, não para mim. Sempre achei que a gente fosse voltar. Eu passei a semana toda chorando. Enquanto isso, ele tinha passado a semana pegando Lacie Barone em Cabo.

— Você sabia que a gente não tinha terminado de verdade! Sabia que não era pra valer.

— Como eu ia saber? — retrucou Jeremiah, visivelmente arrasado.

— Se eu sabia, você deveria saber!

Ele engoliu em seco.

— Lacie deu em cima de mim a semana toda. Ela não me deixava em paz. Juro que não queria ficar com ela. Aconteceu, só isso.

Ele não conseguiu continuar.

Eu me senti tão suja por dentro ao ouvi-lo dizer aquilo. Senti tanto nojo. Não queria pensar nos dois juntos, não queria visualizar a cena.

— Fica quieto. Não quero ouvir mais nada.

— Foi um erro.

— Um erro? Você chama isso de erro? Erro foi quando você deixou meus chinelos no chuveiro, eles ficaram mofados e tive que jogar fora. *Isso* é um erro, seu idiota.

Desabei em lágrimas.

Ele não disse nada. Ficou só sentado de cabeça baixa.

— Nem sei mais quem é você. — Senti o estômago revirar. — Acho que vou vomitar.

Jeremiah pegou a cesta de lixo ao lado da cama, e vomitei dentro dela, ofegante e aos prantos. Ele tentou acariciar minhas costas, mas me afastei.

— Não encosta em mim — murmurei, limpando a boca com o braço.

Aquilo não fazia sentido. Nada daquilo. Aquele não era o Jeremiah que eu conhecia. O meu Jeremiah jamais me magoaria daquele jeito. Ele nem olharia para outra garota. O meu Jeremiah era sincero, firme e forte. Eu não sabia quem era aquela pessoa diante de mim.

— Me desculpa — pediu ele. — Por favor, me desculpa.

Jeremiah também estava chorando. *Ótimo*, pensei. *Sofre mesmo para ver o que é bom.*

— Quero ser totalmente honesto com você, Belly. Não quero mais segredos.

Ele agora chorava copiosamente. Fiquei imóvel, sem mexer um fio de cabelo.

— Nós transamos.

Antes que eu me desse conta, minha mão acertou o rosto de Jere. Eu o esbofeteei com força. Não estava pensando, só agindo. Minha mão esquerda deixou uma marca vermelha no lado direito do rosto dele.

Ficamos nos encarando, chocados. Eu não conseguia acreditar que tinha batido em Jeremiah, nem ele. Aos poucos nos demos conta do que tinha acontecido. Eu nunca tinha batido em ninguém.

Ele esfregou o rosto e falou:

— Me desculpa.

Chorei mais ainda. Eu só tinha imaginado os dois se agarrando, se beijando. Nem sequer havia considerado a possibilidade de terem transado. Como eu era idiota.

— Não significou nada — disse Jeremiah. — Juro que não.

Ele tentou tocar no meu braço, e eu me encolhi. Sequei o rosto e falei:

— Talvez sexo não signifique nada pra você, Jere, mas é importante pra mim, e você sabe disso. Você estragou tudo. Nunca mais vou confiar em você.

Jeremiah tentou me puxar para perto, mas eu o empurrei.

— Estou dizendo que esse negócio com a Lacie não significou nada — insistiu, desesperado.

— Significa alguma coisa *pra mim*. E obviamente significou alguma coisa pra ela.

— Mas não estou apaixonado por ela! — gritou Jeremiah. — Estou apaixonado por você!

Ele se arrastou até mim e me abraçou.

— Não vai embora — implorou. — Por favor, não vai embora.

Tentei afastá-lo, mas ele era forte. Agarrou-se a mim como se eu fosse um bote e ele estivesse se afogando.

— Amo tanto você — insistiu, o corpo todo tremendo. — Pra mim, sempre existiu só você, Belly.

Senti vontade de gritar, de chorar, de tentar escapar daquilo. Mas não vi como. Abaixei os olhos para Jeremiah e tive a sensação de que eu era feita de pedra. Ele nunca havia me decepcionado. Descobrir aquilo naquele momento era ainda mais difícil, porque eu não tinha desconfiado de nada. Era difícil acreditar que apenas algumas horas antes ele atravessara o campo me carregando nas costas, e eu sentira que o amava mais do que nunca.

— Não dá pra recuperar o que se perdeu — falei, com a intenção de magoar, mesmo. — O que a gente tinha acabou. Perdemos tudo isso hoje à noite.

— A gente pode recuperar. Sei que pode — retrucou ele, desesperado.

Balancei a cabeça. As lágrimas insistiam em voltar, mas eu não queria mais chorar, não na frente dele. Nem junto com ele. Não queria me sentir triste. Não queria sentir nada. Sequei o rosto e me levantei.

— Vou embora.

Ele se levantou, cambaleando.

— Espera!

Eu o empurrei para passar e peguei minha bolsa na cama. Então, saí do quarto, disparei pela escada e fui embora. Corri até o ponto de ônibus, a bolsa batendo no ombro, os saltos estalando no chão. Quase tropecei e caí, mas consegui chegar. Peguei o ônibus bem no momento em que a última pessoa subia. Não olhei para trás para ver se Jeremiah tinha me seguido.

★ ★ ★

Minha colega de quarto, Jillian, já havia ido para casa passar as férias de verão, então pelo menos eu tinha o quarto só para mim e podia chorar em paz. Jeremiah ficou me ligando e mandando mensagens, mas desliguei o celular. Antes de me deitar, liguei novamente para ver as mensagens.

Estou com tanta vergonha.
Por favor, fala comigo.
Amo você e sempre vou amar.

Chorei mais.

5

Quando terminamos, em abril, não tinha sido por nenhum motivo específico. Sim, brigávamos de vez em quando, mas nada muito grave.

Como na vez em que Shay deu uma festa na casa de campo da madrinha. Ela convidou uma porção de gente e disse que eu podia levar Jeremiah também. A ideia era se arrumar e dançar a noite toda. Passaríamos o fim de semana lá e seria incrível. Eu estava feliz só por ter sido chamada. Contei a Jeremiah, e ele disse que teria um amistoso com o time de futebol da faculdade, mas que eu poderia ir sem ele.

— Você não pode faltar ao jogo? — perguntei. — Nem é um jogo de verdade.

Foi uma coisa meio idiota de se dizer, mas eu disse, e estava falando sério.

Aquela foi nossa primeira briga. Não foi uma briga de verdade, não gritamos, nem nada assim, mas ele ficou bravo, e eu também.

Sempre saíamos com os amigos dele. De certo modo, fazia sentido. Jeremiah já tinha um grupo de amigos, e eu ainda estava formando o meu. Leva tempo para se aproximar das pessoas, e, como eu passava o tempo todo na casa da fraternidade dele, acabei demorando para fazer amizade com as garotas do meu andar. Eu tinha a sensação de ter desistido de alguma coisa sem nem ter me dado conta. O convite de Shay significou muito para mim, e queria que fosse importante para Jere também.

E havia ainda outras coisas que me irritavam. Coisas que eu não sabia sobre Jeremiah, coisas que eu não teria como saber, vendo-o apenas no verão, na casa de praia. Por exemplo: como ele ficava insuportável quando fumava maconha com os colegas, comendo pizza de presunto com abacaxi e ouvindo "Gangsta's Paradise", do Coolio, rindo por horas.

Também não sabia das alergias sazonais dele. Nunca o via na primavera, então não tinha como saber desses problemas. Até que um dia Jeremiah me ligou, espirrando feito um louco, todo entupido e se lamentando.

— Pode vir ficar comigo? — pediu, assoando o nariz. — E pode trazer mais lencinhos de papel? E suco de laranja?

Tive que me segurar para não dizer: "Você tem alergia, não gripe suína."

Eu o visitara na fraternidade na véspera. Ele e o colega de quarto ficaram jogando videogame enquanto eu fazia meus trabalhos. Depois, assistimos a um filme de kung fu e pedimos comida indiana, embora eu não gostasse muito, porque meu estômago é muito sensível. Jeremiah disse que, quando ficava muito alérgico, só comida indiana fazia com que sentisse melhor. Passei a noite emburrada, comendo só naan e arroz, enquanto Jeremiah devorava frango tikka masala e assistia ao filme. Ele às vezes era tão desatento que não tinha como eu não achar que era de propósito.

— Quero muito ir, mas tenho um trabalho pra entregar amanhã — respondi, tentando soar chateada. — Acho melhor ficar por aqui. Desculpa.

— Bem, acho que eu posso ir praí — sugeriu ele. — Vou tomar uma tonelada de antialérgico e dormir enquanto você faz o trabalho. A gente pode pedir comida indiana de novo.

— É — concordei, mal-humorada. — Podemos.

Pelo menos eu não teria que pegar o ônibus. Mas teria que ir ao banheiro do corredor e pegar um rolo de papel higiênico, porque Jillian ficaria irritada se Jeremiah acabasse com o lenço de papel dela de novo.

Naquele momento, eu não tinha como saber que tudo aquilo era uma preparação para nossa primeira briga de verdade. Tivemos uma daquelas brigas de gritar e chorar, do tipo que eu jurei para mim mesma que jamais teria. Já tinha escutado Jillian ter brigas como aquela ao telefone, bem como as garotas do meu prédio, assim como Taylor. Nunca pensei que aconteceria comigo. Eu achava que Jeremiah e eu nos dávamos muito bem, que nos conhecíamos há bastante tempo para termos aquele tipo de briga.

Uma briga é como um incêndio. Você acha que está tudo sob controle, acha que pode conter o fogo quando quiser, mas, antes que se dê conta, ele está incontrolável, como se fosse algo vivo, que respira, e você é que foi idiota de pensar que seria capaz de impedir a destruição.

No último minuto, Jeremiah e seus irmãos de fraternidade decidiram passar o recesso da primavera em Cabo. Eles encontraram alguma promoção imperdível na internet.

Eu já estava planejando ir para casa no recesso. Minha mãe e eu iríamos ao centro assistir a um balé, e Steven também estaria conosco. Por isso, eu queria voltar, queria mesmo. Mas ver Jeremiah organizar a viagem para Cabo me deixou cada vez mais ressentida. Ele também deveria ir para casa. Agora que Conrad estava na Califórnia, o Sr. Fisher ficava muito tempo sozinho. Jeremiah disse que planejava passar algum tempo com o pai, que talvez os dois pudessem visitar juntos o túmulo de Susannah. Também havíamos falado sobre passar uns dias em Cousins — Jeremiah sabia quanto eu queria ir para lá, sabia quanto significava para mim. Aquele lugar teve mais influência na minha formação do que minha própria casa. E, depois de perdermos Susannah, parecia ainda mais importante que continuássemos a ir para lá.

Mas Jere iria para Cabo. Sem mim.

— Você acha mesmo uma boa ir pra Cabo? — perguntei.

Jeremiah estava na escrivaninha, digitando alguma coisa no computador. Eu estava sentada na cama dele.

Ele ergueu os olhos, surpreso.

— É uma promoção boa demais pra deixar passar. Além disso, todos os meus irmãos da fraternidade vão. Não posso perder.

— É, mas achei que você iria pra casa, ficar com seu pai.

— Posso fazer isso nas férias de verão.

— Ainda faltam meses pro verão.

Cruzei e descruzei os braços.

Jeremiah franziu o cenho.

— Qual é o problema? Você está preocupada porque eu vou passar o recesso sem você?

Senti o rosto ficar vermelho.

— Não! Você pode ir pra onde quiser, eu não me importo. Só acho que seria legal você passar algum tempo com seu pai. E colocaram a lápide no túmulo da sua mãe. Pensei que você iria querer ver.

— Eu quero, mas posso fazer uma visita depois que as aulas acabarem. Você pode ir comigo. — Jeremiah me encarou. — Está com ciúmes?

— Não!

Ele estava sorrindo.

— Está preocupada com todos aqueles concursos de camiseta molhada?

— Não!

Aquelas piadinhas dele me irritaram. Era enfurecedor ser a única ali chateada com a situação.

— Se está tão preocupada, então venha com a gente, Bells. Vai ser divertido.

Ele não disse Não *precisa ficar preocupada*. Disse: *Se está tão preocupada, então venha com a gente*. Eu sabia que Jeremiah não tinha falado com essa intenção, mas mesmo assim me incomodou.

— Você sabe que não tenho dinheiro. Além do mais, não quero ir pra Cabo com você e seus "irmãos". Não quero ser a única namorada pra estragar a diversão de vocês.

— Você não seria a única. Alison, a namorada do Josh, também vai.

Então Alison tinha sido convidada e eu não? Endireitei o corpo.

— Alison vai?

— Não é isso. Alison vai com a irmandade dela. Elas vão ocupar alguns quartos no mesmo resort que a gente. Foi assim que descobrimos a promoção. Mas não vamos ficar andando com elas o tempo todo. Vamos fazer coisas de homem, tipo corridas off-road no deserto. Alugar quadriciclos, praticar rapel, essas coisas.

Eu o encarei.

— Então, enquanto você vai correr no deserto com seus amiguinhos, quer que eu fique com um bando de garotas que não conheço?

Ele revirou os olhos.

— Você conhece a Alison. Vocês duas formaram dupla no campeonato de cerveja, lá em casa.

— Não importa. Não vou pra Cabo, vou pra casa. Minha mãe está com saudades.

O que eu não disse foi: *Seu pai também está com saudades de você.*

Jeremiah apenas deu de ombros, como se dissesse: *Tanto faz.* De cara, pensei: *Ah, então dane-se, vou falar mesmo.*

— Seu pai também está com saudades de você — falei.

— Ai, meu Deus. Belly, por que você não admite que isso não tem nada a ver com meu pai? Você só está paranoica porque vou viajar sem você.

— Então por que não começa admitindo que não quer que eu vá?

Ele hesitou. Eu o vi hesitar.

— Tudo bem. Sim, eu não me importaria se essa fosse uma viagem só com os caras.

Eu me levantei e falei:

— Ora, mas parece que vai estar cheio de garotas por lá. Divirta-se com as Zetas.

Nesse momento o pescoço dele começou a ficar bem vermelho.

— Se, a essa altura, você não confia em mim, não sei o que dizer. Nunca fiz nada que justificasse essas suas dúvidas. E, Belly, sinceramente, não preciso que você fique tentando me deixar culpado por causa do meu pai.

Comecei a me calçar, tão furiosa que minhas mãos tremiam enquanto eu amarrava os tênis.

— Não consigo acreditar em como você é egoísta.

— Eu? Agora eu sou o egoísta?

Ele balançou a cabeça, comprimindo os lábios. Então abriu a boca como se fosse dizer alguma coisa, mas logo mudou de ideia.

— Sim, você com certeza é o egoísta nesse relacionamento. É sempre você, seus amigos e sua fraternidade idiota em primeiro lugar. Eu já disse que acho a sua fraternidade idiota? Porque acho.

— O que ela tem de tão idiota? — retrucou ele, em voz baixa.

— Ela não passa de um bando de carinhas ricos privilegiados, gastando o dinheiro do papai, colando nas provas, indo bêbados pra aula.

Ele pareceu magoado.

— Não somos todos assim.

— Eu não estava me referindo a você.

— Estava, sim. Qual é, só porque não quero fazer medicina eu virei um cara preguiçoso de fraternidade?

— Não coloque a culpa do seu complexo de inferioridade em mim.

Eu disse aquilo sem pensar. Claro que já tinha passado pela minha cabeça, mas nunca verbalizara. Era Conrad que estava começando a estudar medicina. Era Conrad que estava em Stanford, trabalhando meio expediente em um laboratório. Enquanto Jeremiah era o cara que dizia para todo mundo que ia se formar em "cervejologia".

Ele ficou me encarando.

— Que merda é essa de "complexo de inferioridade?"

— Deixa pra lá.

Mas já era tarde quando percebi que tinha ido longe demais. Queria nunca ter dito aquilo.

— Se você acha que sou tão idiota, egoísta e esbanjador, por que está comigo?

Antes que eu pudesse responder, antes que pudesse dizer: *Você não é idiota, egoísta nem esbanjador*, antes que eu pudesse encerrar a briga, Jeremiah completou:

— Dane-se. Não vou mais gastar seu tempo. Vamos terminar essa história agora mesmo.

E eu retruquei:

— Ótimo.

Peguei minha mochila, mas não saí na hora. Estava esperando que Jeremiah me impedisse. Mas ele nem se mexeu.

Chorei o caminho todo até em casa. Não conseguia acreditar que a gente tinha terminado. Não parecia que aquilo havia mesmo acontecido. Esperei que Jeremiah me ligasse naquela noite. Era sexta-feira. Ele ia para Cabo no domingo de manhã, mas não me ligou.

Passei o recesso de primavera vagando pela casa, comendo batata chips e chorando.

— Fica calma — disse Steven. — Ele só não ligou porque é caro demais fazer ligações lá do México. Vocês vão voltar na semana que vem, eu garanto.

Ele tinha razão. Jeremiah só precisava de um pouco de espaço. Tudo bem, aquilo não era um problema. Quando ele voltasse, eu o procuraria e diria como estava arrependida, então consertaria as coisas, e seria como se nunca tivéssemos brigado.

Steven tinha mesmo razão. Voltamos a namorar na semana seguinte. Eu procurei Jeremiah e me desculpei, e ele também se desculpou. Nunca perguntei a ele se havia acontecido alguma coisa em Cabo. Essa possibilidade nem sequer me ocorreu. Jeremiah tinha me amado a vida inteira, e eu acreditava naquele amor. Naquele cara.

Jere me trouxe de presente uma pulseira de conchinhas. Conchinhas brancas bem pequenas. Aquilo me deixou tão feliz.... foi assim que eu soube que ele havia pensado em mim durante a viagem, que sentira tanto minha falta quanto eu a dele. Jeremiah sabia, assim como eu, que o que havia entre nós não tinha terminado, que nunca terminaria. Ele passou a semana toda depois do recesso de primavera no meu quarto, comigo, e não com os irmãos de fraternidade. Jillian, minha colega de quarto, ficou louca, mas não me importei. Eu me sentia mais próxima de Jeremiah do que nunca. Sentia saudades até quando ele estava em aula.

Mas de repente eu sabia a verdade. Ele tinha comprado aquela pulseira barata idiota porque se sentia culpado. E eu estava tão desesperada para fazer as pazes que nem percebi.

6

Quando fechava os olhos, eu via os dois juntos, se beijando em uma banheira de hidromassagem. Na praia. Em alguma boate. Lacie Barone provavelmente fazia coisas que jamais passariam pela minha cabeça.

Mas é claro. Eu ainda era virgem.

Nunca tinha transado, nem com Jeremiah, nem com ninguém. Quando eu era mais nova, costumava imaginar minha primeira vez com Conrad. Não que eu ainda estivesse esperando por ele, só estava esperando a hora perfeita. Queria que fosse especial, que fosse o momento certo.

Eu nos imaginava finalmente transando na casa de praia, com as luzes apagadas e velas por toda parte, para que eu não ficasse muito envergonhada. Imaginei como Jere seria gentil e fofo. Nos últimos tempos, eu vinha me sentindo cada vez mais preparada. Havia pensado que, nesse verão, com nós dois novamente em Cousins... Achei que aconteceria.

Era humilhante pensar nisso agora, em como eu tinha sido ingênua. Achei que ele esperaria o tempo necessário para eu estar pronta. Acreditei mesmo nisso.

Mas como poderíamos ficar juntos agora? Quando pensava em Jere com ela, com Lacie, que era mais velha, mais sexy e muito mais experiente que eu, ao menos na minha mente... eu sentia uma dor tão grande que era difícil até respirar. O fato de ela conhecer Jeremiah de um modo que eu ainda não conhecia, de ter experimentado algo com ele que eu ainda não experimentara — isso, para mim, era a maior traição de todas.

Um mês antes, por volta do aniversário da morte de Susannah, estávamos deitados na cama de casal de Jeremiah. Ele rolou para cima de mim e me encarou. E seus olhos eram tão parecidos com os da mãe que estendi a mão para cobri-los.

— Às vezes dói olhar pra você — falei.

Eu amava saber que podia dizer aquilo e que ele saberia exatamente do que eu estava falando.

— Feche os olhos — pediu Jeremiah.

Eu fiz isso, e ele se aproximou até ficar cara a cara comigo, e eu senti seu hálito de pasta de dentes no meu rosto. Passamos as pernas ao redor um do outro. Eu me senti dominada por uma súbita necessidade de mantê-lo perto de mim para sempre.

— Você acha que as coisas vão ser sempre assim? — perguntei.

— De que outro modo seriam? — retrucou Jeremiah.

Adormecemos daquele jeito, mesmo. Como crianças. Totalmente inocentes.

Não poderíamos voltar àquilo. Como conseguiríamos? Estava tudo destruído. Tudo, de março até ali, estava acabado.

7

Quando acordei, na manhã seguinte, meus olhos estavam tão inchados que praticamente não abriam. Lavei o rosto com água fria, mas não ajudou muito. Escovei os dentes e voltei para a cama. Eu acordava, ouvia as pessoas saindo dos dormitórios, então voltava a adormecer. Deveria estar arrumando as malas, mas só queria dormir. E assim passei o dia todo; acordei quando já estava escuro e não acendi as luzes, só fiquei deitada na cama até pegar no sono de novo.

Já era fim da tarde do dia seguinte quando finalmente me levantei. Quando digo "me levantei", na verdade estou querendo dizer "me sentei". Finalmente me sentei na cama. Estava com sede, me sentia desidratada de tanto chorar. Isso me animou a realmente sair da cama e andar o metro e meio que me separava do frigobar e pegar uma das garrafas de água que Jillian deixara.

Olhei para o outro lado do quarto, para a cama e as paredes vazias, e fiquei ainda mais deprimida. Na noite anterior eu só queria ficar sozinha, mas, naquele momento, achei que enlouqueceria se não conversasse com outra pessoa.

Fui até o quarto de Anika, no final do corredor. A primeira coisa que ela disse quando me viu foi:

— O que aconteceu?

Eu me sentei na cama e abracei o travesseiro dela. Tinha procurado Anika porque queria conversar, queria sair, mas de repente ficou difícil colocar tudo aquilo para fora. Eu estava com vergonha. Dele e por ele. Todos os meus amigos adoravam Jeremiah, achavam que ele era praticamente perfeito. Eu sabia que, assim que contasse a Anika, essa imagem que tinham dele desapareceria. E se tornaria real. Por alguma razão, eu ainda queria protegê-lo.

— Isa, o que houve?

Eu realmente achava que já havia chorado tudo que era possível chorar, mas ainda havia lágrimas para descer. Decidi contar logo:

— Jeremiah me traiu.

Anika afundou na cama.

— Está de sacanagem — sussurrou. — Quando? Com quem?

— Lacie Barone, aquela garota da irmandade dele. No recesso de primavera. Quando a gente tinha terminado.

Ela assentiu, assimilando a informação.

— Estou com tanta raiva dele. Por ficar com outra garota e não me contar durante esse tempo todo. Não contar é o mesmo que mentir. Estou me sentindo tão idiota.

Anika me estendeu a caixa de lenços de papel que estava em cima da escrivaninha.

— Amiga, sente tudo que você acha que tem que sentir. Se permita — aconselhou.

Assoei o nariz.

— Eu sinto... como se não o conhecesse de verdade. Sinto que nunca mais vou conseguir confiar nele de novo.

— Acho que guardar um segredo desses da pessoa que se ama é a pior parte — concordou Anika.

— Você não acha que a traição em si é a pior parte?

— Não. Quer dizer, sim, é horrível. Mas ele deveria ter simplesmente contado. Foi o segredo que tornou tudo pior.

Fiquei em silêncio. Eu também tinha um segredo. Que não havia contado a ninguém, nem mesmo para Anika ou Taylor. Eu dizia a mim mesma que era porque não era importante, então tirava aquilo da cabeça.

Nos últimos anos, eu às vezes resgatava alguma lembrança de Conrad e pensava bastante nela, admirava cada detalhe, assim como fazia com minha antiga coleção de conchas — me dava prazer só tocar cada concha, os sulcos, a suavidade fria. Mesmo depois que Jeremiah e eu começamos a namorar, de vez em quando, sentada na sala de aula, esperando o ônibus, ou quando estava tentando dormir, eu resgatava alguma antiga lembrança. Da primeira vez em que o vencera em uma competição de natação. De quando ele me ensinara a dançar. Do jeito como ele molhava o cabelo toda manhã.

Mas havia uma lembrança em particular que eu me obrigava a deixar no passado. Não era permitido resgatá-la.

8

Foi no dia depois do Natal. Minha mãe tinha ido passar uma semana na Turquia, uma viagem que ela já adiara duas vezes — uma quando o câncer de Susannah voltou e de novo quando Susannah morreu. Meu pai estava com a família da namorada, Linda, em Washington. Steven tinha viajado com uns amigos da faculdade para esquiar. Jeremiah e o Sr. Fisher estavam visitando parentes em Nova York.

E eu? Eu estava em casa, assistindo a *Uma história de Natal* pela terceira vez. Tinha vestido meu pijama de Natal, que Susannah me dera uns anos antes; era de flanela vermelha, com uma estampa alegre de pinheiro, comprido demais nas pernas. Parte da diversão de usar aquele pijama era enrolar as mangas da blusa e as pernas da calça. Eu tinha acabado de jantar uma pizza congelada de pepperoni e o resto dos biscoitos que minha mãe ganhara de um aluno.

Estava começando a me sentir como Kevin, o personagem principal de *Esqueceram de mim*. Oito horas da noite de um sábado, e eu dançando pela sala ao som de "Rockin' Around the Christmas Tree", sentindo pena de mim mesma. Minhas notas do semestre anterior tinham sido ruins. Minha família toda viajara. Eu estava comendo pizza congelada sozinha. E, quando Steven me viu, quando voltei para casa, a primeira coisa que disse foi: "Uau, os famosos dez quilos dos calouros, hein?" Soquei o braço dele, que disse que estava brincando, mas não estava: eu havia engordado cinco quilos em quatro meses. Ao que parecia, comer asinhas de frango apimentadas, miojo e pizza da Domino's às quatro da manhã com os meninos fazia isso com uma garota. Mas e daí? Os famosos dez quilos a mais dos calouros eram um rito de passagem.

Fui até o banheiro do térreo e bati nas bochechas, como Kevin faz no filme.

— E daí? — gritei.

Não deixaria aquilo me abater. De repente, tive uma ideia. Subi a escada correndo e comecei a jogar coisas dentro da mochila — o romance que minha mãe me dera de presente no Natal, leggings, meias grossas... Por que deveria ficar sozinha em casa quando poderia estar no meu lugar favorito do mundo todo?

Quinze minutos depois, já havia lavado os pratos do jantar, apagado todas as luzes e estava no carro de Steven. O carro dele era mais legal que o meu, e o que os olhos não veem, o coração não sente. Ninguém mandou ele fazer comentários sobre meu peso.

Eu estava indo para Cousins, ouvindo "Please Come Home for Christmas" (a versão de Bon Jovi, é claro) e beliscando pretzels com cobertura de chocolate e granulado verde e vermelho (outro presente da minha mãe). Eu sabia que havia tomado a decisão certa. Chegaria à casa de praia rapidinho. Acenderia a lareira, prepararia chocolate quente para combinar com os pretzels, acordaria de manhã e veria a praia no inverno. É claro que eu gostava muito mais dela no verão, mas, para mim, no inverno a praia tinha um charme especial. Decidi que não diria a ninguém que tinha ido para lá. Quando todos voltassem de suas viagens, aquele seria meu segredinho.

Realmente cheguei a Cousins rápido. A estrada estava bem deserta, e cheguei em um piscar de olhos. Quando entrei na garagem, deixei escapar um grito de comemoração. Era bom estar de volta. Aquela era minha primeira vez na casa em mais de um ano.

Encontrei o conjunto de chaves extra onde sempre ficava — embaixo de uma tábua solta na varanda. Eu estava muito animada quando entrei e acendi as luzes.

A casa estava um gelo, e acender a lareira foi muito mais difícil do que imaginei. Logo desisti e preparei um chocolate quente enquanto esperava o aquecedor começar a funcionar. Peguei uma porção de mantas no roupeiro e fiquei toda aconchegada embaixo delas no sofá, com meus pretzels e minha caneca de chocolate quente. Estava passando *Como o Grinch roubou o Natal*, e caí no sono ao som dos Quem de Quemlândia cantando "Welcome Christmas".

Acordei com o barulho de alguém invadindo a casa. Ouvi baterem à porta, depois forçarem a fechadura. A princípio, fiquei só parada embaixo das cobertas, apavorada, tentando não respirar alto demais. Não parava de pensar: *Ai, meu Deus... Ai, meu Deus, é igualzinho a Esqueceram de mim. O que Kevin faria? O que Kevin faria?* Kevin provavelmente montaria uma armadilha no saguão, mas eu não tinha tempo para isso.

Então, o invasor gritou:

— Steven? Você está aí?

Pensei: *Ai, meu Deus, já tem outro ladrão dentro de casa, e ele se chama Steven!*

Eu me escondi embaixo da manta, mas logo pensei: *Kevin não se esconderia embaixo de uma manta. Ele protegeria a casa.*

Peguei o atiçador da lareira e meu celular e fui pé ante pé até o saguão. Estava assustada demais para olhar pela janela e não queria que o invasor me visse, por isso só me encostei na porta e fiquei de ouvidos atentos, pronta para ligar para a polícia.

— Steven, abre a porta. Sou eu.

Meu coração quase parou. Eu conhecia aquela voz. Não era a voz de um ladrão. Era Conrad.

Abri a porta de repente. Era mesmo ele. Ficamos nos encarando por alguns segundos. Não sabia que me sentiria daquele jeito quando voltasse a vê-lo. O coração na garganta, a respiração difícil. Por aqueles poucos segundos, esqueci tudo. Só havia ele.

Conrad estava usando um casaco de inverno que eu nunca vira, marrom-claro, e chupava uma minibengala doce, que caiu de sua boca.

— O que está acontecendo? — falou, a boca ainda aberta.

Quando o abracei, percebi que cheirava a hortelã e a Natal.

Seu rosto estava frio.

— Por que está segurando um atiçador?

Recuei um passo.

— Achei que fosse um ladrão.

— É claro que achou.

Conrad me acompanhou até a sala de estar e se sentou na poltrona em frente ao sofá. Ele ainda parecia chocado.

— O que você está fazendo aqui?

Dei de ombros e deixei o atiçador na mesa de centro. A onda de adrenalina começava a passar, e eu já me sentia meio boba.

— Estava sozinha em casa e fiquei com vontade de vir pra cá. E o que *você* está fazendo aqui? Eu nem sabia que ia voltar.

Conrad agora morava na Califórnia. Eu não o via desde que ele se mudara para lá, no ano anterior. Ele estava com a barba por fazer, como se não se barbeasse havia alguns dias, mas os pelos não pareciam ásperos. Também estava bronzeado, o que achei estranho, já que era inverno, mas logo me lembrei de que a faculdade dele era na Califórnia, onde sempre fazia sol.

— Meu pai me mandou uma passagem de última hora. O avião demorou uma eternidade pra pousar, por causa da neve, por isso cheguei tarde. Como Jere e meu pai ainda estão em Nova York, pensei em vir pra cá.

Ele franziu o cenho.

— O que foi? — perguntei, de repente meio constrangida.

Tentei alisar a parte de trás do cabelo, que estava todo arrepiado. Toquei discretamente os cantos da boca. Será que eu estava com baba escorrendo?

— Você está com o rosto todo sujo de chocolate.

Limpei a boca com a mão.

— Não estou, não — menti. — Deve ser sujeira mesmo.

Ele ergueu as sobrancelhas, achando graça, reparando na lata quase vazia de pretzels cobertos de chocolate.

— Resolveu enfiar logo a cabeça dentro da lata, pra poupar tempo?

— Para com isso — falei, mas não consegui evitar o sorriso.

A única iluminação na sala vinha da televisão. Era surreal estar com Conrad daquele jeito; parecia uma reviravolta do destino. Estremeci e me enrolei mais nas mantas.

Ele tirou o casaco.

— Quer que eu acenda a lareira? — ofereceu.

Aceitei na hora.

— Quero! Por algum motivo eu não consegui.

— É preciso um toque especial — explicou Conrad, daquele jeito arrogante, que àquela altura eu sabia ser só fachada.

Era tudo tão familiar. Já havíamos estado ali antes, daquele jeito, só nós dois, apenas dois Natais antes. Tanta coisa acontecera desde então. Conrad agora tinha uma vida completamente nova, e eu também. Ainda assim, de certo modo, era como se nenhum tempo ou distância houvesse nos separado. De certo modo, parecia tudo como antes.

Provavelmente ele estava pensando a mesma coisa, porque disse:

— Talvez seja tarde demais pra acender a lareira. Acho que vou pra cama logo. — Conrad se levantou e seguiu até a escada. Então, se virou e perguntou: — Você vai dormir aqui?

— Vou. Enroladinha que nem um burrito.

Antes de subir, Conrad parou e disse:

— Feliz Natal, Belly. É muito bom ver você.

— Também gostei de ver você.

Na manhã seguinte, assim que acordei, tive a sensação engraçada de que ele já tinha ido embora. Não sei por quê. Saí correndo para a escada para checar, mas tropecei na calça do pijama e caí de costas, batendo com a cabeça no chão.

Fiquei deitada ali, com lágrimas nos olhos, olhando para o teto. A dor era surreal. Então Conrad surgiu acima de mim.

— Você está bem? — perguntou, de boca cheia, provavelmente de cereal.

Ele tentou me sentar, mas sacudi a mão, dispensando a ajuda.

— Me deixa em paz — murmurei, torcendo para que, se piscasse rápido o bastante, minhas lágrimas secassem.

— Está machucada? Consegue se mexer?

— Achei que você tivesse ido embora.

— Não. Ainda estou aqui. — Ele se ajoelhou ao meu lado. — Só deixa eu tentar levantar você.

Balancei a cabeça, negando.

Conrad deitou no chão ao meu lado, e ficamos os dois ali, no piso de madeira, como se estivéssemos prestes a fazer anjos de neve.

— Está doendo muito? Em uma escala de um a dez? Acha que quebrou alguma coisa?

— Em uma escala de um a dez... está doendo onze.

— Você é tão molenga quando está com dor... — disse ele, mas parecia preocupado.

— Não sou, não.

Eu estava prestes a provar que ele estava certo. Até eu conseguia perceber como minha voz estava chorosa.

— Ei, esse tombo que você levou não foi brincadeira. Foi como nos desenhos animados, quando os bichos pisam em uma casca de banana e escorregam e caem.

De repente, já não sentia mais vontade de chorar.

— Está me chamando de bicho? — perguntei, irritada, virando a cabeça para encará-lo.

Conrad tentou ficar sério, mas os cantos de sua boca já se curvavam em um sorriso. Ele virou a cabeça para me olhar, e nós dois começamos a rir. Eu ri tanto que minhas costas doeram ainda mais.

— Ai! — reclamei, no meio da risada.

Ele se sentou.

— Vou carregar você até o sofá.

— Não — protestei, sem muita força. — Estou pesada demais pra você. Vou me levantar em um minuto, só me deixa ficar aqui por um tempinho.

Conrad franziu o cenho, e percebi que tinha ficado ofendido.

— Sei que não consigo puxar o equivalente ao meu peso corporal na academia que nem o Jere, mas consigo pegar uma garota no colo, Belly.

Fiquei confusa.

— Não é isso. Estou mais pesada do que você pensa. Sabe como é, os famosos dez quilos a mais dos calouros, ou sei lá o quê.

Meu rosto ficou quente e, por um instante, esqueci como minhas costas estavam doendo, ou como era estranho ele mencionar Jere. Só me senti constrangida.

Conrad voltou a falar em voz baixa:

— Ah, pra mim você não mudou nada.

Então, com muita gentileza, ele me levantou do chão e me pegou no colo.

Passei um dos braços ao redor do pescoço dele e comentei:

— Devem ter sido uns cinco. Cinco quilos de caloura.

— Não se preocupe. Está tranquilo.

Ele me carregou até o sofá e me colocou lá, deitada.

— Vou pegar um analgésico. Deve ajudar um pouco.

Olhei para ele e pensei, subitamente: *Ai, meu Deus. Ainda amo você.*

Eu tinha pensado que meus sentimentos por Conrad estavam escondidos, em segurança, como meus patins velhos e o reloginho de ouro que meu pai comprara para mim assim que aprendi a ver as horas.

Mas só porque a gente enterra alguma coisa não significa que ela deixa de existir. Aqueles sentimentos estavam ali o tempo todo. Nunca tinham mudado. Eu simplesmente precisava encarar a realidade. Conrad era parte do meu DNA. Eu tinha cabelo castanho, sardas e Conrad no coração. Ele habitaria para sempre aquela minúscula parte do meu corpo, a parte da garotinha que ainda acreditava em musicais, mas era só isso. Era tudo que ele teria de mim. Jeremiah ficara com todo o resto — o meu eu presente e o meu eu futuro. Era isso que importava. Não o passado.

Talvez fosse assim com todos os primeiros amores. Eles sempre teriam parte do nosso coração. Conrad aos doze, treze, catorze, quinze, dezesseis, até mesmo dezessete anos de idade. Pelo resto da minha vida, eu pensaria nele com carinho, como pensamos no nosso primeiro bichinho de estimação, no primeiro carro que dirigimos. Os primeiros são importantes. Mas eu tinha certeza de que os últimos eram ainda mais importantes. E Jeremiah seria o meu último, o meu tudo e o meu sempre.

Conrad e eu passamos o resto do dia juntos, mas não exatamente. Ele acendeu a lareira, depois ficou lendo na mesa da cozinha enquanto eu via *A felicidade não se compra*. Tomamos sopa de tomate e comemos o resto dos meus pretzels no almoço, depois ele saiu para correr na praia, e eu fui assistir a *Casablanca*. Estava secando as lágrimas com a manga da camiseta quando ele voltou.

— Esse filme sempre me dá uma dor no coração — grunhi.

Ele tirou o casaco de flanela e perguntou:

— Por quê? O final é feliz. Foi muito melhor pra ela ficar com o Laszlo.

Eu o encarei, surpresa.

— Você assistiu a *Casablanca*?

— É claro. É um clássico.

— Olha, obviamente você não prestou muita atenção, porque Rick e Ilsa foram feitos um pro outro.

Conrad bufou.

— A historinha de amor dos dois não é nada comparada ao trabalho que Laszlo estava fazendo pra Resistência.

Assoei o nariz em um guardanapo e retruquei:

— Pra um garoto tão novo, você é cínico demais.

Ele revirou os olhos.

— E pra uma garota supostamente adulta, você é sensível demais.

Conrad foi até a escada.

— Robô! — gritei. — Homem de lata!

Eu o ouvi rindo enquanto fechava a porta do banheiro.

Na manhã seguinte, Conrad já tinha partido. Ele foi embora como achei que iria: sem se despedir. Só desapareceu, feito um fantasma. Conrad, o Fantasma do Natal Passado.

Jeremiah me ligou quando eu estava voltando de Cousins. Ele perguntou o que eu estava fazendo, e contei que estava voltando para casa, mas não disse de onde. Tomei a decisão em uma fração de segundos. Na hora, não soube por que menti. Só não queria que ele soubesse.

Decidi que, no fim, Conrad estava certo. Ilsa deveria ficar com Laszlo. Era assim que as coisas deveriam mesmo terminar. Rick não era nada além de um minúsculo pedaço do passado, um pedaço que ela guardaria com carinho para sempre — mas não passava disso, porque história era só isso: história.

9

DEPOIS QUE SAÍ DO QUARTO DE ANIKA, LIGUEI O CELULAR. HAVIA mensagens e e-mails de Jeremiah, e não paravam de chegar mais. Entrei embaixo das cobertas e li todas, cada uma delas. Então reli tudo e, quando terminei, finalmente escrevi de volta para ele, dizendo: *Preciso de um pouco de espaço*. Ele respondeu *OK*, e foi a última mensagem que recebi dele naquele dia. Mesmo assim, continuei a checar o celular para ver se havia mais alguma coisa; quando vi que não, fiquei desapontada, embora soubesse que não tinha o direito de ficar. Queria que Jeremiah me deixasse em paz e que ele continuasse a tentar consertar as coisas entre nós. Mas se eu mesma não sabia exatamente o que queria, como ele poderia saber?

Fiquei no quarto, fazendo as malas. Estava com fome, e ainda tinha algum dinheiro no vale-refeição, mas estava com medo de dar de cara com Lacie no campus. Ou pior, com Jeremiah. Além disso, era bom ter algo para fazer e ouvir música alto sem reclamações da minha colega de quarto, Jillian.

Quando não consegui mais aguentar a fome, liguei para Taylor e contei tudo. Ela deu um berro tão alto que tive que afastar o fone do ouvido. Apareceu no meu quarto logo depois, trazendo um burrito e vitamina de banana com morango. E não parava de balançar a cabeça e dizer:

— Essa vadia da Zeta Phi.

— Não foi só ela, foi ele também — retruquei, mastigando o burrito.

— Ah, eu sei. Você vai ver. Vou arranhar a cara do Jeremiah todinha quando encontrar com ele. Ele vai ficar tão arrebentado que nenhuma garota vai querer chegar perto dele de novo. — Ela examinou as unhas bem-feitas como se fossem armas. — Quando eu for ao salão amanhã, vou pedir a Danielle pra deixá-las ainda mais afiadas.

Senti um calorzinho no coração. Há algumas coisas que só uma amiga que conhece a gente a vida inteira pode dizer e que, no mesmo instante, fazem com que a gente se sinta melhor.

— Não precisa, Taylor.

— Mas eu quero. — Ela enroscou o dedo mindinho no meu. — Você está bem?

Assenti.

— Melhor agora que você está aqui.

Eu estava nas últimas gotas da vitamina quando Taylor me perguntou:

— Acha que vai voltar com ele?

Fiquei surpresa e verdadeiramente aliviada por não ouvir qualquer julgamento na voz dela.

— O que você faria? — perguntei.

— Essa decisão é sua.

— Eu sei, mas... *você* voltaria com ele?

— Sob circunstâncias normais, não. Se um carinha qualquer me traísse enquanto a gente estivesse passando um tempo longe um do outro, se ele ao menos olhasse para outra garota, não. Ele estaria morto pra mim. — Ela mordeu o canudo. — Mas Jeremiah não é um cara qualquer. Vocês têm um passado.

— E toda aquela história de destruir a cara dele?

— Não me entenda mal, estou sentindo um ódio imenso dele. Jeremiah fez uma merda colossal. Mas ele nunca foi só um cara qualquer, não pra você. Isso é fato.

Não falei nada. Sabia que ela estava certa.

— Ainda posso juntar minhas companheiras de irmandade hoje à noite e furar os pneus do carro dele. — Taylor deu uma batidinha no meu ombro. — E aí? O que acha?

Ela estava tentando me fazer rir, e funcionou. Ri pela primeira vez depois de um bom tempo.

10

Depois da nossa briga durante as férias, antes do último ano do colégio, eu realmente achei que Taylor e eu faríamos as pazes rápido, como sempre acontecia. Achei que estaria tudo bem de novo em uma semana, no máximo — afinal, por que a gente estava com raiva mesmo? Tudo bem, nós duas dissemos coisas que magoaram uma à outra — eu a acusei de agir feito criança, ela me chamou de melhor amiga horrorosa, mas não era a nossa primeira briga. Melhores amigas brigavam, mesmo.

Quando voltei de Cousins, coloquei os sapatos e as roupas de Taylor em uma bolsa, pronta para devolver tudo assim que ela me indicasse que já não estávamos mais brigadas. Era sempre Taylor quem sinalizava o fim das nossas brigas, era sempre ela quem começava nossa reconciliação.

Esperei, mas isso não aconteceu. Fui até a Marcy's algumas vezes, torcendo para esbarrar nela e para que fôssemos forçadas a conversar. Taylor nunca apareceu. Semanas se passaram. O verão estava quase terminando.

Jeremiah não parava de falar a mesma coisa que vinha dizendo ao longo das férias.

— Não se preocupe. Vocês vão fazer as pazes. Sempre fazem.

— Você não entende, dessa vez é diferente. Ela nem olha pra mim.

— Tudo isso por causa de uma festa — comentou ele.

— Não é só por causa de uma festa.

— Eu sei, eu sei... Espere um minuto, Bells. — Eu o ouvi falando com alguém, então voltou ao telefone. — Nossas asinhas de frango acabaram de chegar. Quer que eu ligue de volta depois de comer? Vai ser rápido.

— Não. Está tudo bem.
— Não fique brava.
— Não estou — respondi.

E não estava. Não de verdade. Como ele poderia entender o que estava acontecendo entre mim e Taylor? Garotos nunca entendiam. Ele não compreendia como era importante, como era realmente essencial para mim que Taylor e eu começássemos nosso último ano do ensino médio juntas, uma apoiando a outra.

Então por que eu simplesmente não ligava para ela? Em parte, por orgulho, em parte por alguma outra coisa. Era eu quem ficava me afastando dela esse tempo todo, e ela quem insistia em nos manter juntas. Talvez eu achasse que estava me cansando dela, que talvez fosse melhor assim. Teríamos mesmo que nos despedir no ano seguinte, então poderia ser mais fácil desse jeito. Talvez tivéssemos ficado muito dependentes uma da outra, talvez mais eu dela do que o contrário, e agora eu precisava me virar por conta própria. Foi o que disse a mim mesma.

Quando expliquei isso a Jeremiah, na noite seguinte, a resposta dele foi:

— Só liga pra ela e pronto.

Eu tinha certeza de que ele só estava de saco cheio de me ouvir falar daquele assunto, então encerrei logo a conversa.

— Pode ser. Vou pensar a respeito.

Na última semana das férias, em que eu costumava retornar da temporada em Cousins, a gente sempre fazia as compras de "volta às aulas" juntas. Fazíamos isso desde o ensino fundamental. Taylor sempre sabia o tipo certo de calça jeans para comprar. Nós passávamos em lojas de cosméticos do shopping e aproveitávamos promoções do tipo "Compre três e leve quatro", então voltávamos para casa e dividíamos tudo de modo que cada uma ficasse com um hidratante, um sabonete líquido e um esfoliante. E assim garantíamos nosso estoque ao menos até o Natal.

Naquele ano, fui com minha mãe, que odiava fazer compras. Estávamos na fila para pagar minha calça jeans quando Taylor e a mãe dela entraram na loja carregando várias sacolas de compras.

— Luce! — chamou minha mãe.

A Sra. Jewel acenou e veio direto até nós, com a filha atrás, de óculos escuros e short. Minha mãe abraçou Taylor, e a Sra. Jewel fez o mesmo comigo.

— Faz tempo que não vejo você, meu bem — comentou ela. Então se virou para minha mãe e disse: — Laurel, dá pra acreditar em como nossas menininhas estão crescidas? Meu Deus, eu me lembro de quando elas insistiam em fazer tudo juntas. Tomar banho, cortar o cabelo, tudo.

— Eu me lembro também — disse minha mãe, sorrindo.

Encontrei os olhos de Taylor. Nossas mães continuaram a conversar, e ficamos paradas ali, nos encarando, mas sem nos olharmos de verdade.

Depois de um minuto, Taylor pegou o celular. Eu não queria deixar aquele momento passar sem dizer alguma coisa para ela.

— Encontrou alguma coisa boa? — perguntei.

Taylor assentiu. Como estava usando óculos escuros, era difícil saber o que se passava pela cabeça dela. Mas eu conhecia bem minha amiga. Ela adorava se vangloriar das suas compras.

Taylor hesitou antes de dizer:

— Encontrei botas incríveis com vinte e cinco por cento de desconto. E dois vestidos que dá pra usar no inverno com meia-calça e casaco.

Assenti. Então, era nossa vez de pagar e falei:

— Bem, a gente se vê na escola.

— Tchau — disse ela, e se virou para ir embora.

Sem pensar, entreguei o jeans a minha mãe e detive Taylor. Poderia ser a última vez que a gente conversava se eu não dissesse alguma coisa.

— Espera — chamei. — Quer dar um pulo lá em casa hoje à noite? Comprei uma saia nova, mas não sei se devo usar com a blusa pra dentro ou...

Ela mordiscou o lábio por um segundo, então respondeu:
— Está bem. Me liga.
Taylor foi lá para casa naquela noite. Ela me mostrou como usar a saia, explicando que sapatos e que blusas combinavam melhor. As coisas não voltaram a ser como antes, não de imediato, e talvez isso nunca acontecesse. Estávamos crescendo. Ainda estávamos descobrindo como fazer parte da vida uma da outra sem sermos tudo uma para a outra.

O mais irônico foi que terminamos na mesma universidade. De todas as faculdades do mundo, acabamos indo para a mesma. Era o destino. Estávamos fadadas a ser amigas. Estávamos fadadas a fazer parte da vida uma da outra — e sabe de uma coisa? Fiquei feliz. Não passávamos tanto tempo juntas, como antes. Taylor tinha as amigas da irmandade dela, e eu tinha as minhas amigas do corredor do alojamento. Mas ainda tínhamos uma à outra.

11

No dia seguinte, não consegui mais aguentar. Liguei para Jeremiah. Disse que precisava vê-lo, que ele deveria passar no alojamento, e minha voz vacilou quando falei isso. Do outro lado da linha, percebi como ele estava grato, como estava ansioso para fazer as pazes. Tentei justificar minha ligação impulsiva dizendo a mim mesma que precisava vê-lo cara a cara para conseguir seguir em frente. A verdade era que eu sentia saudades dele. Provavelmente, tanto quanto ele, eu queria descobrir um modo de esquecer o que tinha acontecido.

Mas, por mais saudades que eu sentisse, quando abri a porta e vi o rosto dele de novo, a mágoa voltou com toda a força. Jeremiah percebeu. Ele chegou parecendo esperançoso, mas, quando viu minha expressão, ficou desesperado. Quando tentou me puxar para um abraço, eu queria retribuir, mas não consegui. Acabei só balançando a cabeça e o afastando de mim.

Nós nos sentamos na minha cama, de costas apoiadas na parede, as pernas penduradas.

— Como vou saber que você não vai fazer isso de novo? — perguntei. — Como vou confiar em você?

Jeremiah se levantou. Por um segundo, achei que ia embora, e meu coração quase parou.

Mas então ele se ajoelhou bem na minha frente e disse, bem baixinho:

— Você poderia se casar comigo.

A princípio, pensei que não tivesse ouvido direito. Mas então ele repetiu, dessa vez mais alto:

— Casa comigo.

Ele enfiou a mão no bolso da calça e tirou um anel. Um anel de prata com um pequeno diamante no meio.

— Isso é provisório, só até eu ter como comprar um anel... com meu dinheiro, não com o do meu pai.

Eu não conseguia sentir meu corpo. Jeremiah ainda estava falando, mas eu nem ouvia. Só conseguia encarar o anel na mão dele.

— Eu te amo tanto. Esses dois últimos dias foram um inferno sem você. — Ele respirou fundo. — Sinto tanto por ter magoado você, Bells. O que eu fiz... foi imperdoável. Sei que estraguei tudo entre a gente, que vou ter que me esforçar muito pra que você confie em mim de novo. Eu faço o que for preciso, se você deixar. Você... está disposta a me deixar tentar?

— Não sei — sussurrei.

Ele engoliu em seco, nervoso.

— Vou tentar com todas as minhas forças, juro. Vamos conseguir um apartamento fora do campus e deixar o lugar bem bonitinho. Eu lavo as roupas. E vou aprender a cozinhar outra coisa além de miojo e cereal.

— Colocar cereal em uma tigela não é exatamente cozinhar — retruquei, desviando os olhos, porque pensar no que ele estava sugerindo era demais para mim.

Eu também imaginava aquilo. Como poderia ser incrível. Nós dois, começando em um lugar só nosso.

Jeremiah segurou minhas mãos, mas eu as puxei de volta. Ele insistiu:

— Belly, você não vê? Tem sido nossa história o tempo todo. A sua e a minha. De mais ninguém.

Fechei os olhos, tentando clarear a mente. Quando voltei a abri-los, falei:

— Você só quer apagar o que fez se casando comigo.

— Não. Não é isso. O que aconteceu na outra noite — ele hesitou — ... me fez perceber uma coisa. Não quero ficar sem você. Nunca. Você é a única garota pra mim. Eu sempre soube disso. Nesse mundo todo, nunca vou amar outra garota do jeito que amo você.

Jeremiah pegou minha mão de novo e, daquela vez, não me afastei.

— Você ainda me ama? — perguntou.

Respirei fundo antes de falar.

— Amo.

— Então, por favor, casa comigo.

— Você nunca mais pode me magoar desse jeito de novo — declarei, em um tom que era um misto de aviso e súplica.

— Nunca mais — prometeu Jeremiah, e eu sabia que ele falava sério.

Jere me olhava com uma expressão tão determinada, tão honesta. Eu conhecia o rosto dele tão bem, talvez melhor do que o de qualquer outra pessoa. Cada traço, cada curva. O calombinho no nariz, de quando ele se machucou surfando; a cicatriz já quase apagada na testa, da vez em que ele e Conrad estavam brigando no recreio e derrubaram uma planta. Eu estava presente nesses momentos. Talvez conhecesse o rosto dele melhor do que conhecia o meu, depois das horas que passara encarando-o enquanto ele dormia, traçando com o dedo o contorno do seu perfil. Talvez ele se sentisse do mesmo jeito em relação a mim.

Eu não queria ver uma marca no rosto dele um dia e não saber como ela surgira. Queria estar com ele. O rosto que eu amava era o dele.

Sem dizer nada, tirei a mão da dele e vi a decepção em seu rosto. Então, estendi a mão e os olhos de Jeremiah brilharam. A felicidade que eu senti naquele momento... não conseguiria expressar em palavras. Ele tremia enquanto colocava o anel no meu dedo.

— Isabel Conklin, aceita se casar comigo? — perguntou Jeremiah, em uma voz séria que eu nunca o ouvira usar.

— Sim, eu aceito me casar com você — respondi.

Ele me envolveu em um abraço, e ficamos assim, entrelaçados como se fôssemos a boia de salvação um do outro. Eu só conseguia pensar que, se havíamos conseguido atravessar aquela tempestade, conseguiríamos passar por qualquer coisa. Ele tinha cometido erros, e eu também. Mas nós nos amávamos, e isso era tudo que importava.

Fizemos planos naquela noite — onde iríamos morar, como contaríamos aos nossos pais. Os últimos dias pareciam fazer parte de outra vida. Naquele dia, sem dizermos uma palavra a respeito, decidimos deixar o passado para trás. Era no futuro que estávamos concentrados.

12

Naquela noite, sonhei com Conrad. Eu estava com a mesma idade, mas ele era mais novo, com uns dez ou onze anos. Acho que ele estava usando um macacão. Nós dois brincávamos do lado de fora da minha casa até ficar escuro, só correndo ao redor do pátio. No sonho, eu disse:

— Susannah vai querer saber onde você está. É melhor ir pra casa.

— Não posso. Não sei como ir. Você me ajuda?

Então fiquei triste, porque eu também não sabia. Não estávamos mais na minha casa, e estava muito escuro. Estávamos no bosque. Perdidos.

Acordei chorando, com Jeremiah adormecido ao meu lado. Eu me sentei na cama. Estava escuro, e a única iluminação no quarto era a que vinha do meu despertador. Eram 4h57. Então me deitei de novo.

Sequei os olhos, então me deixei envolver pelo cheiro de Jeremiah, pela doçura de seu rosto, pelo modo como seu peito subia e descia a cada respiração. Jeremiah estava ali. Era sólido e real, e estava grudado em mim, do jeito que se dorme apertado em uma cama de solteiro. Estávamos próximos assim.

Pela manhã, quando acordei, não me lembrei logo, mas o sonho estava ali, no fundo da minha mente, em um lugar que eu não conseguia acessar. E estava sumindo depressa, perdi quase tudo, mas não totalmente, não ainda. Tive que me concentrar e pensar depressa, para lembrar.

Comecei a me sentar na cama, mas Jeremiah me puxou de volta para perto, dizendo:

— Mais cinco minutinhos.

Jere estava deitado na beirada da cama e eu junto da parede, encaixada entre seus braços. Fechei os olhos, querendo me lembrar do sonho antes que ele desaparecesse. Como naqueles últimos segundos antes de o sol se pôr — ele ia descendo, descendo, então sumia. Tinha que lembrar, tinha que lembrar, ou o sonho seria apagado para sempre da minha memória.

Jeremiah começou a dizer alguma coisa sobre café da manhã, mas cobri sua boca e disse:

— Shhh. Um segundo.

E consegui. Conrad, e como ele estava engraçado de macacão jeans. Nós dois brincando do lado de fora por horas. Deixei escapar um suspiro. Eu me sentia tão aliviada.

— O que você estava dizendo? — perguntei a Jeremiah.

— Café da manhã — disse ele, dando um beijo na palma da minha mão.

Eu me aconcheguei mais a ele e pedi:

— Mais cinco minutinhos.

13

Eu queria contar para todo mundo de uma só vez, cara a cara. De um jeito esquisito, aquele era o momento perfeito. Nossas famílias estariam juntas em Cousins dali a uma semana. Um abrigo para mulheres vítimas de violência doméstica — em que Susannah havia sido voluntária e para o qual tinha levantado fundos — havia plantado um jardim em sua homenagem, e haveria uma pequena cerimônia no sábado seguinte. Todos estaríamos presentes: eu, Jere, minha mãe, o pai dele, Steven. Conrad.

Não via Conrad desde o Natal. Ele ia à festa de aniversário de cinquenta anos da minha mãe, mas desistiu em cima da hora.

— Típico do Con — dissera Jeremiah na época, balançando a cabeça, olhando para mim, esperando que eu concordasse. Fiquei quieta.

Minha mãe e Conrad tinham um relacionamento especial desde sempre; os dois se compreendiam em um nível inexplicável para mim. Depois da morte de Susannah, eles ficaram ainda mais próximos, talvez porque sofriam a perda dela do mesmo modo — sozinhos. Os dois conversavam ao telefone com frequência, sobre o quê, eu não sei. Por isso, quando ele não apareceu na festa, percebi como minha mãe ficou desapontada, embora não tenha dito nada. Quis dizer: "Ame-o quanto quiser, mas não espere nada em troca. Não dá para contar com o Conrad."

Em compensação, ele mandou um lindo buquê de zínias vermelhas, que ela adorou.

— Minhas favoritas — disse mamãe, abrindo um sorriso.

O que ele diria quando lhe contássemos a novidade? Eu não conseguia nem começar a imaginar. Quando se tratava de Conrad, eu nunca tinha certeza de nada.

Também estava me perguntando o que minha mãe diria. Jeremiah não estava preocupado, mas era raro ele se preocupar com qualquer coisa.

— Quando eles souberem que estamos falando sério, vão ter que concordar, porque não vão conseguir nos impedir. Já somos adultos.

Estávamos voltando do refeitório. Jeremiah soltou minha mão, pulou em um banco e gritou:

— Ei, pessoal! Belly Conklin vai se casar comigo!

Umas poucas pessoas se viraram para olhar, mas logo continuaram andando.

— Desça daí — pedi, rindo, cobrindo o rosto com o capuz do casaco.

Jeremiah desceu e deu a volta correndo ao redor do banco, os braços abertos, imitando um avião. Ele voltou até onde eu estava e me levantou.

— Vamos, voe — encorajou.

Revirei os olhos e bati os braços para cima e para baixo.

— Está feliz?

— Estou — disse ele, e me colocou de volta no chão.

Eu também estava. *Aquele* era o Jere que eu conhecia. O garoto da casa de praia. Nosso noivado e as promessas de ficarmos juntos para sempre me fizeram sentir que, mesmo com todas as mudanças no último ano, Jeremiah ainda era o mesmo, e eu ainda era a mesma. Ninguém poderia tirar aquilo de nós, nunca mais.

14

Eu sabia que tinha que falar com Taylor e Anika antes que meu pai viesse me buscar, de manhã. Pensei em contar para as duas juntas, mas sabia que Taylor, minha amiga mais antiga, ficaria magoada se soubesse ao mesmo tempo que Anika, que eu conhecia havia menos de um ano. Tinha que contar primeiro a Taylor. Era o mínimo que eu devia a ela.

Com certeza ela acharia que eu e Jeremiah tínhamos enlouquecido. Reatar o namoro era uma coisa, mas casar era outra, completamente diferente. Ao contrário das garotas da irmandade dela, Taylor só queria se casar lá pelos vinte e oito anos.

Liguei para ela e pedi que me encontrasse no Drip House, o café onde todos iam para estudar. Disse que tinha novidades. Ela tentou me fazer contar pelo telefone, mas resisti:

— É o tipo de notícia que tem que ser dada pessoalmente.

Taylor já estava sentada com seu café gelado com leite desnatado quando cheguei lá. Usava óculos escuros Ray-Ban e mandava mensagens de texto, mas largou o celular assim que me viu.

Eu me sentei na frente dela, tomando cuidado de manter a mão no colo.

Taylor tirou os óculos escuros e disse:

— Você está parecendo muito melhor hoje.

— Obrigada, Tay. Estou me sentindo muito melhor mesmo.

— Então, o que aconteceu? — Ela me examinou. — Vocês dois voltaram? Ou terminaram de vez?

Levantei a mão esquerda com um floreio. Taylor olhou para a mão, confusa. Então viu meu anel.

E arregalou os olhos.

— Você está de sacanagem! Está noiva?! — gritou. Umas duas pessoas se viraram e olharam para nós, irritadas. Afundei um pouco na cadeira. Taylor agarrou minha mão, ainda gritando: — Ai, meu Deus! Deixa eu ver esse negócio!

Percebi que ela achou o anel pequeno demais, mas não me importei.

— Ai, meu Deus — voltou a dizer Taylor, ainda encarando o anel.

— Eu sei.

— Mas, Belly... Ele traiu você.

— Estamos recomeçando do zero. Eu amo Jeremiah de verdade, Tay.

— Eu sei, mas o momento é meio suspeito — disse ela, hesitante. — Quer dizer, é bem repentino.

— É e não é. Você mesma disse. É de Jere que estamos falando. Ele é o amor da minha vida.

Ela ficou apenas me encarando, boquiaberta. Até que perguntou, gaguejando:

— Mas... mas por que vocês não podem esperar ao menos até terminarem a faculdade?

— Não tem por que esperar se vamos nos casar de qualquer jeito. — Tomei um gole da bebida de Taylor. — Vamos arrumar um apartamento. Você pode nos ajudar a escolher as cortinas e a decoração.

— Acho que sim. Mas, espera... E a sua mãe? Aposto que Laurel surtou.

— Vamos contar pra minha mãe e pro pai dele na semana que vem, em Cousins. E pro meu pai depois.

Taylor se animou.

— Espera, então ninguém sabe ainda? Só eu?

Assenti, e vi que ela ficou satisfeita. Taylor adora saber segredos, é uma de suas coisas favoritas na vida.

— Vai ser um apocalipse — disse, pegando a bebida de volta. — Tipo, cadáveres. Tipo, sangue nas ruas. E, quando digo sangue, estou me referindo ao seu.

— Nossa, muito obrigada, Tay.

— Estou só falando a verdade. Laurel é *A* feminista. É tipo a própria Gloria Steinem. Não vai gostar nem um pouco disso. E vai partir pra cima de Jeremiah como o Exterminador do Futuro. E pra cima de você também.

— Minha mãe adora o Jere. Ela e Susannah sempre conversavam sobre eu me casar com um dos meninos. Talvez isso acabe sendo um sonho realizado. Na verdade, aposto que vai ser, mesmo.

Eu sabia que não era verdade no instante em que falei.

Taylor também não pareceu convencida.

— Talvez — disse ela. — Então, quando vai ser?

— Em agosto.

— Está muito, muito perto. Mal dá tempo de planejar tudo. — Ela mordeu o canudo e lançou um olhar furtivo na minha direção. — E as damas de honra? E a madrinha?

— Não sei... Queremos que seja tudo bem simples. Vamos nos casar na casa de Cousins. Tudo muito despojado... nada grandioso.

— Nada grandioso? Você vai se casar e não quer nada grandioso?

— Não foi o que eu quis dizer. Só que eu não dou importância a essas coisas. Tudo que eu quero é ficar com Jeremiah.

— Que tipo de coisas?

— Tipo... madrinhas e bolo de casamento. Coisas assim.

— Mentirosa! — Ela apontou para mim. — Você queria cinco damas de honra e um bolo de quatro andares. Queria uma escultura de gelo de um coração humano com as iniciais entalhadas. O que, aliás, é nojento.

— Tay!

Ela levantou a mão para me interromper.

— Você queria uma banda ao vivo e bolinhos de caranguejo, e uma chuva de balões depois da primeira dança. E qual era a música que você tinha escolhido?

— "Stay", do Maurice Williams and The Zodiacs — respondi, sem nem pensar. — Mas, Taylor, eu tinha dez anos quando disse essas besteiras.

Fiquei comovida de verdade por ela se lembrar, mas eu achava que também me lembrava de tudo que Taylor queria. Pombas, luvinhas de renda, sapatos de salto agulha rosa-choque.

— Você deveria ter tudo que deseja, Belly — disse Taylor, levantando o queixo daquele jeitinho teimoso e Taylor de ser. — Só se casa uma vez.

— Eu sei, mas não temos dinheiro. E, de qualquer modo, não me importo mais com essas coisas. Era conversa de criança.

Talvez eu não precisasse fazer *tudo* aquilo, mas quem sabe pudesse fazer só uma parte. Talvez eu ainda pudesse ter um casamento de verdade, só que simples. Seria legal usar um vestido de noiva e dançar com meu pai.

— Achei que o pai de Jeremy fosse rico. Ele não pode bancar um casamento de verdade pra vocês?

— De jeito nenhum minha mãe deixaria ele pagar por tudo. Além do mais, como eu disse, não queremos nada chique.

— Está bem — cedeu ela. — Vamos esquecer a escultura de gelo. Mas balões são baratos... ainda podemos ter balões. E o bolo. Poderíamos fazer um mais simples, de dois andares, acho. E não me importa o que você diga, vai usar um vestido de noiva.

— Parece bom — concordei, tomando outro gole do café dela.

Era mesmo muito bom ter a bênção de Taylor. Era como ter conseguido permissão para ficar empolgada, algo que eu não sabia de que precisava, ou que desejava.

— E você ainda vai ter damas de honra. Ou pelo menos uma madrinha.

— Terei só você.

Taylor pareceu satisfeita.

— Mas e Anika? Você não quer que ela seja sua dama de honra?

— Hummm, talvez — falei, e quando Taylor pareceu um pouquinho desapontada, acrescentei: — Mas quero que você seja minha madrinha, está bem?

Ela ficou com os olhos marejados.

— É uma honra.

Taylor Jewel, minha amiga mais antiga no mundo. Já havíamos passado por muita coisa juntas, e eu agora sabia que era uma bênção termos conseguido superar tudo aquilo.

15

Fui contar a Anika logo depois, mas estava com medo. Respeitava a opinião dela e não queria ser julgada. O convite para ser dama de honra não a sensibilizaria. Não era o tipo de coisa com que ela se importava.

Tínhamos decidido morar juntas naquele outono, em um apartamento com duas outras amigas, Shay e Lynn, no alojamento novo, do outro lado do campus. Anika e eu planejamos comprar pratos e xícaras fofos, ela levaria a geladeira, que já tinha, e eu, a minha TV. Estava tudo acertado.

Já era tarde da noite, e estávamos no quarto dela. Eu estava guardando seus livros em uma caixa, e ela enrolava os pôsteres.

O rádio estava ligado, tocando "The Power of Good-Bye", da Madonna, na estação do campus. O poder do adeus, dizia a música. Talvez aquele fosse um sinal.

Eu me sentei no chão e guardei o último livro, tentando reunir coragem para contar a ela. Umedeci os lábios, nervosa.

— Ani, preciso conversar com você sobre uma coisa.

Ela tentava soltar um pôster de filme preso atrás da porta.

— O que aconteceu?

Não há poder maior do que o poder do adeus, cantava Madonna.

Engoli em seco.

— Me sinto muito mal mesmo por fazer isso com você.

Anika se virou.

— Fazer o quê?

— Não vou poder dividir o apartamento com você no semestre que vem.

Ela franziu o cenho.

— O quê? Por quê? Aconteceu alguma coisa?
— Jeremiah me pediu em casamento.
Ela precisou de algum tempo para entender o que eu tinha dito.
— Isabel Conklin! Para de palhaçada.
Levantei a mão lentamente.
Anika assoviou.
— Uau. Isso é muito louco.
— Eu sei.
Ela abriu a boca e logo voltou a fechar. Então disse:
— Você sabe o que está fazendo?
— Sei. Acho. Amo muito ele, de verdade.
— E onde vocês vão morar?
— Em um apartamento fora do campus. — Hesitei. — Só me sinto péssima por deixar você na mão. Está brava?
Ela balançou a cabeça e falou:
— Não estou brava. Quer dizer, tudo bem, é chato que não vamos mais morar juntas, mas vou dar outro jeito. Posso chamar a Trina, da minha equipe de dança, ou minha prima Brandy talvez seja transferida pra cá. Ela poderia ser a quarta pessoa.

Então não seria um problema tão grande eu não morar com ela, afinal. *A vida continua*, pensei. Eu me senti um pouco melancólica imaginando como seria se eu ainda fosse a quarta. Shay era muito boa em fazer penteados, e Lynn adorava preparar cupcakes. Teria sido divertido.

Anika sentou-se na cama.
— Vou ficar bem. Só estou... surpresa.
— Eu também.
Quando ela não disse mais nada, perguntei:
— Acha que estou cometendo um erro imenso?
Pensativa, Anika respondeu:
— Importa o que eu penso?
— Sim.
— Não cabe a mim julgar, Isa.

— Mas você é minha amiga, e respeito sua opinião. Não quero que você pense mal de mim.

— Você se importa demais com o que as outras pessoas pensam — comentou ela, com firmeza, mas também com ternura.

Se alguém mais dissesse aquilo — minha mãe, Taylor, até mesmo Jere —, eu teria ficado chateada. Mas não Anika. Com ela, eu não conseguia ficar chateada. De certo modo, era lisonjeiro que Anika enxergasse tão bem quem eu era e ainda assim gostasse de mim. Nesse ponto, as amizades na faculdade eram diferentes. A gente passa o tempo todo com as pessoas, às vezes o dia inteiro, faz todas as refeições juntas. Não há como esconder quem somos diante dos amigos. É como se estivéssemos nus. Principalmente diante de alguém como Anika, tão franca e aberta, tão incisiva, que dizia tudo que pensava. Ela não deixava escapar nada.

— Ao menos você não vai mais ter que usar chinelos no chuveiro — comentou.

— Nem tirar cabelo dos outros do ralo — acrescentei. — Os cabelos de Jeremiah são curtos demais para ficarem presos.

— E nunca vai ter que esconder sua comida.

A colega de quarto de Anika, Joy, sempre roubava a comida dela, e Anika passou a esconder as barrinhas de cereais na gaveta de calcinhas.

— Na verdade, talvez eu tenha que fazer isso. Jere come muito — acrescentei, girando o anel no dedo.

Fiquei mais um pouco no quarto dela, ajudando-a a tirar o resto dos pôsteres da parede, limpando tufos de poeira de debaixo da cama com uma meia velha que usei como luva. Conversamos sobre o estágio em uma revista que Anika tinha conseguido durante o verão e sobre eu talvez passar um fim de semana em Nova York para visitá-la.

Voltei para o meu quarto. Pela primeira vez no ano, estava realmente silencioso ali, sem secadores de cabelo ligados, ninguém sentado no corredor falando ao celular, sem ninguém fazendo pipoca no micro-ondas da área comum. Muitas pessoas já tinham ido passar o verão em casa. No dia seguinte, eu também iria.

A vida que eu conhecia na faculdade estava prestes a mudar.

16

Não planejei começar a ser chamada de Isabel. Simplesmente aconteceu. Durante toda a minha vida, todo mundo me chamava de Belly sem que eu pudesse fazer qualquer coisa a respeito. Pela primeira vez em muito tempo, eu poderia decidir, mas isso não me ocorreu até nós — Jeremiah, minha mãe, meu pai e eu — estarmos parados na frente da porta do meu quarto no alojamento, no dia da mudança dos calouros.

Meu pai e Jeremiah estavam carregando a TV, minha mãe, uma mala, e eu, um cesto de lavanderia com todos os meus artigos de higiene e fotos emolduradas. Meu pai transpirava muito nas costas, e sua camisa social marrom já tinha três manchas de suor. Jeremiah também estava suando, já que vinha tentando impressionar meu pai a manhã toda insistindo em carregar os objetos mais pesados. Eu percebia que isso deixava meu pai constrangido.

— Anda logo, Belly — disse meu pai, arfando.

— É Isabel agora — declarou minha mãe.

Eu me lembro de como me enrolei com a chave na hora de abrir a porta e do momento em que, ao erguer os olhos, vi ISABEL escrito com pedrinhas brilhantes. Minha placa de identificação e a da minha colega de quarto eram feitas de embalagens de CD vazias. A de Jillian Capel era um CD da Mariah Carey, e a minha um do Prince.

As coisas de Jillian já estavam arrumadas no lado esquerdo do quarto, perto da porta. Havia uma colcha estampada azul-marinho e laranja-ferrugem, parecia novinha em folha. Ela já pendurara os pôsteres que tinha levado — um do filme *Trainspotting*, outro de uma banda que eu não conhecia, chamada Running Water.

Meu pai se sentou diante da escrivaninha vazia, a minha, pegou um lenço e secou a testa. Parecia cansado.

— É um bom quarto — comentou. — Bem iluminado.

Jeremiah estava só andando pelo cômodo, então disse:

— Vou descer até o carro pra pegar aquela caixa grande.

— Eu ajudo.

Meu pai se prontificou e começou a se levantar.

— Pode deixar comigo — garantiu Jeremiah, já saindo apressado pela porta.

Meu pai voltou a se sentar, parecendo aliviado.

— Vou só descansar um pouco, então — falou.

Nesse meio-tempo, minha mãe estava examinando o quarto, abrindo o armário, olhando dentro das gavetas.

Afundei na cama. Então era ali que eu moraria durante o ano seguinte. Na porta ao lado, alguém escutava jazz. Mais adiante, no corredor, dava para ouvir uma garota discutindo com a mãe sobre onde colocar o cesto de roupa suja. Parecia que a campainha do elevador nunca parava de tocar, e a porta nunca parava de abrir e fechar. Eu não me importava. Gostava do barulho. Era reconfortante saber que havia pessoas ao meu redor.

— Quer que eu tire suas roupas da mala? — perguntou minha mãe.

— Não, pode deixar.

Eu mesma queria fazer aquilo. Só então teria a sensação de que aquele era realmente meu quarto.

— Ao menos me deixe arrumar sua cama, então — pediu ela.

Quando chegou a hora de dizer adeus, eu não estava pronta. Achei que estaria, mas não estava. Meu pai ficou parado, com as mãos nos quadris. Os cabelos dele pareciam realmente grisalhos naquela luz.

— Bem, é melhor irmos logo, pra não pegarmos o trânsito da hora do rush — comentou ele.

Irritada, minha mãe retrucou:

— Não tem problema.

Vendo-os juntos daquele jeito, era quase como se não fossem divorciados, quase como se ainda fôssemos uma família. Fui tomada por uma súbita onda de gratidão. Nem todos os divórcios eram como o deles. Por mim e por Steven, meu pai e minha mãe se esforçavam para se dar bem e eram sinceros um com o outro. Havia um afeto genuíno entre os dois, só que mais do que isso: havia amor por nós. Era isso que tornava possível para eles passarem dias tranquilos como aquele.

Abracei meu pai e fiquei surpresa ao ver lágrimas em seus olhos. Ele nunca chorava. Minha mãe me deu um abraço rápido, mas eu sabia que era porque ela não queria demonstrar o que sentia.

— Lembre-se de lavar os lençóis ao menos duas vezes por mês — disse ela.

— Está bem.

— E vê se faz a cama logo de manhã. Vai deixar seu quarto mais arrumado.

— Está bem.

Minha mãe olhou para o outro lado do cômodo.

— Queria ter conhecido sua colega de quarto.

Jere estava sentado diante da minha escrivaninha, a cabeça baixa, checando o celular, enquanto nos despedíamos.

De repente, meu pai falou:

— Jeremiah, você também vai embora agora?

Ele ergueu os olhos, surpreso.

— Ah, eu ia levar a Belly pra jantar.

Minha mãe me olhou, e eu sabia o que ela estava pensando. Algumas noites antes, ela fizera um longo discurso sobre conhecer pessoas novas e não passar o tempo todo com Jere. Segundo ela, garotas que tinham namorado se limitavam a certo tipo de experiência na faculdade. Eu havia prometido que não seria assim.

— Só não a traga de volta muito tarde — pediu meu pai, como se quisesse insinuar alguma coisa.

Senti o rosto ficar vermelho e, dessa vez, o olhar que minha mãe lançou foi para meu pai, o que fez com que eu me sentisse ainda mais constrangida. Mas Jeremiah, com aquele seu jeito tranquilo, só respondeu:

— Ah, sim, pode deixar.

Mais tarde, naquela noite, conheci minha colega de quarto, Jillian. Nosso encontro foi no elevador, logo depois de Jeremiah me deixar no alojamento. Eu a reconheci de imediato das fotos em cima da cômoda. Jillian tinha os cabelos castanhos encaracolados e era muito pequena, mais baixa do que parecia nas fotografias.

Fiquei parada, tentando pensar no que dizer. Quando as outras garotas que estavam no elevador desceram no sexto andar, restamos só nós duas. Pigarreei e disse:

— Com licença. Você é Jillian Capel?

— Sim — disse ela, e percebi que estava meio desconfiada.

— Sou Isabel Conklin. Sua colega de quarto.

Eu me perguntei se deveria abraçá-la ou estender a mão. Não fiz nenhuma das duas coisas, porque ela estava me encarando.

— Ah, oi. Tudo bem? — Sem esperar minha resposta, ela continuou: — Estou voltando do jantar com meus pais.

Com o tempo, eu perceberia que ela dizia "Tudo bem?" com frequência, como se fosse só um cumprimento, não uma pergunta para a qual esperasse uma resposta.

— Tudo. Também acabei de jantar.

Saímos do elevador. Sentia uma agitação no peito, tipo: *Uau, essa é minha colega de quarto. Essa é a pessoa com quem vou morar por um ano inteiro.* Pensei muito nela desde que tinha recebido a carta falando sobre o alojamento. Jillian Capel, de Washington, D.C., não fumante. Eu havia nos imaginado conversando a noite toda, compartilhando segredos, sapatos e pipoca de micro-ondas.

Quando já estávamos no quarto, Jillian se sentou na cama dela e perguntou:

— Você tem namorado?
— Tenho, ele também estuda aqui — falei, sentando na beirada da cama. Queria logo ficar íntima dela e conversar sobre coisas de garotas. — O nome dele é Jeremiah. Está no segundo ano.

Levantei de um pulo e peguei uma foto nossa em cima da escrivaninha. Era da formatura, e Jeremiah tinha colocado uma gravata e estava muito bonito. Entreguei a foto a Jillian timidamente.

— Ele é bonitinho — comentou.
— Obrigada. E você tem namorado?

Ela assentiu.
— Lá na minha cidade.
— Legal — falei, porque foi tudo em que consegui pensar. — Qual é o nome dele?
— Simon.

Como ela não disse mais nada, perguntei:
— Então, as pessoas chamam você de Jill? Ou de Jilly? Ou só Jillian mesmo?
— Jillian. Você dorme tarde ou cedo?
— Tarde. E você?
— Cedo — respondeu ela, mordiscando o lábio. — Vamos dar um jeito. Eu acordo cedo. E você?
— Ahn, claro, às vezes.

Eu odiava acordar cedo, mais que qualquer coisa.
— Você gosta de estudar ouvindo música ou não?
— Não?

Jillian pareceu aliviada.
— Ah, ótimo. Odeio barulho quando estudo. Preciso mesmo ficar em silêncio. — Ela acrescentou: — Não que eu seja uma louca obcecada nem nada assim.

Assenti. As fotos emolduradas estavam arrumadas em ângulos perfeitos. Quando entramos no quarto, ela pendurou a jaqueta jeans na mesma hora. Eu só costumava fazer minha cama quando alguém me visitava. Acabei me perguntando se minha tendência à bagunça poderia dar nos nervos dela. Esperava que não.

Estava prestes a dizer isso quando ela ligou o notebook. Achei que já havíamos criado laços o bastante por aquela noite. Agora que meus pais tinham ido embora e Jeremiah voltado para a fraternidade dele, eu estava realmente sozinha. Não sabia o que fazer. Já havia arrumado minhas coisas. Tinha imaginado que eu e Jillian poderíamos explorar o alojamento juntas, conhecer pessoas. Mas ela estava digitando, trocando mensagens com alguém. Provavelmente o namorado.

Peguei meu celular na bolsa e mandei uma mensagem para Jere. *Você pode voltar?*

Eu sabia que ele voltaria.

Para a primeira reunião de calouros, na noite seguinte, Kira, a aluna responsável pelo dormitório, nos disse para levar um item pessoal que achássemos que nos representava. Escolhi óculos de natação. As outras garotas levaram bichos de pelúcia e fotos emolduradas, uma levou o book de modelo. Jillian levou o laptop.

Estávamos todas sentadas em círculo, e Joy se sentara bem na minha frente. Ela segurava um troféu no colo. Era de um campeonato estadual de futebol, o que achei bastante impressionante. Queria muito fazer amizade com Joy. Já tinha colocado isso na cabeça na noite anterior, quando ficamos conversando no banheiro do salão comunitário, de pijama, cada uma com seus apetrechos de banho. Joy era baixinha, tinha cabelo loiro na altura do queixo e olhos claros. Não usava maquiagem. Era confiante e dona de si, como costumam ser as garotas que fazem esportes competitivos.

— Sou Joy — apresentou-se ela. — Meu time venceu o campeonato estadual. Se alguém gostar de futebol, é só falar comigo, que a gente monta um time do alojamento.

Quando foi minha vez, falei:

— Sou Isabel. Gosto de nadar.

E Joy sorriu para mim.

Sempre achei que a universidade seria *o* momento da minha vida. Tipo, amizades instantâneas, um lugar que me acolhesse... Não pensei que seria tão difícil.

Achei que haveria festas, reuniões de calouros e lanches à meia-noite na Waffle House. Eu já estava na universidade havia quatro dias inteiros e não tinha feito nenhuma dessas coisas. Jillian e eu tínhamos comido no refeitório juntas, mas só. Ela passava a maior parte do tempo no celular com o namorado ou no computador. Não houvera qualquer menção a boates ou a festas de fraternidade. Eu tinha a sensação de que Jillian estava acima desse tipo de coisa.

Não era o meu caso, e nem o de Taylor. Eu já tinha ido visitá-la no alojamento dela, e Tay e sua colega de quarto pareciam ter nascido uma para a outra. O namorado da colega de quarto estava em uma fraternidade fora do campus. Taylor disse que ligaria se soubesse de alguma festa legal, mas até então, nada. Ela estava vivendo a universidade como um peixinho-dourado em um aquário novo em folha, mas eu, não. Eu disse para Jeremiah que estaria ocupada fazendo amizades e conhecendo melhor minha colega de quarto, por isso provavelmente não o veria até o fim de semana. Não queria voltar atrás nessa decisão. Não queria ser uma dessas garotas.

Na noite de quinta-feira daquela primeira semana, um grupo de garotas se reuniu para beber no quarto de Joy. Eu podia ouvi-las no fim do corredor. Estava arrumando meu *planner* novo, anotando os horários das aulas e outras coisas. Jillian estava na biblioteca. Só tínhamos tido um dia de aula, então eu não fazia ideia do que ela poderia estar estudando. Mesmo assim, gostaria que tivesse me chamado. Jeremiah tinha me perguntado se eu queria que ele passasse para me pegar para sair, mas eu disse que não, com a esperança de ser convidada para algum lugar. Por enquanto, éramos só eu e o *planner*.

Mas então Joy enfiou a cabeça pela porta do meu quarto, que eu vinha deixando aberta, como as outras garotas.

— Isabel, vem ficar com a gente — chamou.

— Claro! — respondi, praticamente pulando da cama.

Senti uma onda de esperança e empolgação. Talvez aquele fosse meu grupo.

No quarto estavam Joy, sua colega de quarto, Anika, Molly, que ficava no outro extremo do corredor, e Shay, que também era modelo. Estavam todas sentadas no chão, com uma garrafa grande de Gatorade no meio... só que aquilo não parecia Gatorade. Era meio amarelo-escuro. Tequila, imaginei. Eu não tocava em tequila desde que tinha ficado bêbada em Cousins, no verão anterior.

— Senta aqui — disse Joy, batendo no chão ao lado dela. — Estamos jogando "Eu nunca". Já jogou?

— Não — respondi, me sentando ao lado dela.

— Basicamente, na sua vez, você diz alguma coisa como "Eu nunca... — Anika olhou ao redor — peguei nenhum parente."

Todas riram.

— E se alguém tiver pegado um parente, tem que beber — concluiu Molly, roendo a unha do polegar.

— Eu começo — disse Joy, inclinando-se para a frente. — Eu nunca... colei em uma prova.

Shay pegou a garrafa e deu um gole.

— O que foi? Eu estava ocupada com os trabalhos de modelo. Não tinha tempo pra estudar — disse, e todas riram de novo.

Molly foi a seguinte.

— Eu nunca transei com ninguém em público!

Dessa vez, Joy pegou a garrafa.

— Foi em um parque — explicou. — Estava escuro. Duvido que alguém tenha nos visto.

— Banheiro de restaurante conta?

Eu podia sentir meu rosto ficando vermelho. Estava com medo de quando chegasse minha vez. Não tinha feito muita coisa na vida. Meus "Eu nunca" provavelmente poderiam durar a noite toda.

— Eu nunca peguei o Chad do quarto andar! — disse Molly, se jogando no chão em um ataque de risos.

Joy atirou um travesseiro nela.

— Não é justo! Eu disse que era segredo.

— Bebe! Bebe! — gritou todo mundo.

Joy deu um gole. Depois de secar a boca, falou:

— Sua vez, Isabel.

Sentia a boca seca, de repente.

— Eu nunca... — Fiz sexo. — Eu nunca... participei desse jogo antes. — Terminei, sem graça.

Podia sentir a decepção de Joy. Talvez ela também tivesse achado que poderíamos ser grandes amigas e agora estava repensando essa ideia.

Anika deu uma risadinha educada, então todas deram um gole na bebida antes de Joy começar de novo com:

— Eu nunca nadei pelada no mar. Mas em uma piscina, sim!

Não, eu também nunca tinha feito aquilo. Quase acontecera, aos quinze anos, com Cam Cameron. Mas "quase" não contava.

Acabei tomando um gole quando Molly disse:

— Nunca namorei duas pessoas da mesma família.

— Você namorou irmãos? — perguntou Joy, parecendo subitamente interessada. — Ou um irmão e uma irmã?

Tossi antes de responder.

— Irmãos.

— Gêmeos? — perguntou Shay.

— Ao mesmo tempo? — quis saber Molly.

— Não, não ao mesmo tempo. E não eram gêmeos. Tem um ano de diferença entre um e outro.

— Isso é bem incrível — disse Joy, com um olhar de aprovação.

Então, passamos para a seguinte. Quando Shay disse que nunca tinha roubado e Joy bebeu, reparei na expressão de Anika e tive que morder o lábio para não rir. Trocamos um olhar secreto.

Esbarrei com Joy algumas vezes depois disso, no banheiro da área comum e na sala de estudo, e conversamos, até, mas nunca chegamos a ser próximas. Jillian e eu também nunca nos tornamos melhores amigas, mas ela acabou sendo uma ótima colega de quarto.

De todas essas garotas, foi de Anika que fiquei amiga de verdade. Embora fôssemos da mesma idade, ela me acolheu como se eu fosse uma irmã mais nova, e, ao menos daquela vez, não me incomodei com isso. Anika era descolada demais para que eu me importasse. E seu perfume era como eu imaginava que devia ser o das flores que cresciam na areia. Mais tarde, descobri que era o óleo que ela passava nos cabelos. Anika quase nunca fazia fofoca, não comia carne e era dançarina. Eu admirava tudo isso.

Era uma pena saber que nunca chegaríamos a morar juntas. De agora em diante, só moraria com uma pessoa: Jeremiah, meu futuro marido.

17

Acordei cedo no dia seguinte. Tomei banho, joguei fora os chinelos de banho e me arrumei pela última vez no meu quarto no alojamento. Não coloquei meu anel, só para garantir; guardei-o em um compartimento na bolsa. Meu pai não era o cara mais observador do mundo no que se referia a acessórios, por isso não era provável que percebesse, mas preferi não arriscar.

Meu pai chegou ao alojamento às dez para pegar minhas coisas. Jere ajudou. Nem precisei ligar para acordá-lo, como tinha planejado — ele apareceu às nove e meia, com café e donuts.

Parei nos quartos de algumas garotas, dei abraços de despedida e desejei um bom verão.

— Vejo você em agosto! — lembrou Lorrie.

— Temos que nos encontrar mais no ano que vem! — exclamou Jules.

Deixei para me despedir de Anika por último e chorei um pouquinho. Ela me abraçou, dizendo:

— Relaxa. A gente se vê no casamento. Avisa a Taylor que vou mandar um e-mail para combinarmos nossos vestidos.

Ri com vontade. Taylor ia adorar aquilo... só que não.

Depois que terminamos de colocar as coisas no carro, meu pai nos levou para almoçar em uma churrascaria. Não era superelegante, mas era legal, um restaurante frequentado por famílias, com estofados de couro e picles na mesa.

— Peçam o que quiserem, crianças — disse meu pai, acomodando-se.

Jeremiah e eu nos sentamos de frente para ele. Examinei o cardápio e escolhi um bife simples, porque era mais barato. Meu pai não era pobre, mas definitivamente não era rico.

Quando a garçonete veio anotar nossos pedidos, meu pai pediu salmão, eu, bife, e Jeremiah disse:

— Vou querer o filé de costela maturado a seco, ao ponto pra malpassado.

Era o prato mais caro do cardápio. Custava trinta e oito dólares. Olhei para Jeremiah, pensando: *Ele provavelmente nem olhou o preço.* Nunca precisava olhar, já que todas as contas eram pagas pelo Sr. Fisher. As coisas seriam diferentes quando estivéssemos casados, isso era certo. Chega de gastar dinheiro com coisas bobas tipo tênis Air Jordan vintage ou filé de costela.

— Então, o que você vai fazer neste verão, Jeremiah? — perguntou meu pai.

Jere olhou para mim, então de volta para meu pai e de novo para mim. Balancei a cabeça bem de leve. Na mesma hora eu o imaginei pedindo a bênção do meu pai, e nada poderia ser mais errado. Ele não poderia saber antes da minha mãe.

— Vou estagiar na empresa do meu pai de novo.

— Bom pra você. Vai se manter ocupado.

— Com certeza.

— E você, Belly? Vai trabalhar como garçonete outra vez?

Suguei o refrigerante do fundo do copo.

— Sim. Vou conversar com meu antigo chefe na semana que vem. Eles sempre precisam de ajuda no verão, então não deve ter problema.

Com o casamento dali a poucos meses, eu teria que trabalhar o dobro... o triplo.

Quando a conta chegou, vi meu pai estreitar os olhos e olhar mais de perto. Torci para que Jeremiah não reparasse, mas, quando vi que ele realmente não tinha reparado, desejei que tivesse.

Sempre me sentia mais próxima do meu pai quando estava no banco do carona da minivan dele, observando seu perfil, ouvindo o CD do Bill Evans. Os passeios de carro com ele eram nossos momentos mais tranquilos, em que nos sentíamos confortáveis para falar de nada ou de tudo.

Até o momento, aquela tinha sido uma viagem silenciosa.

Meu pai estava cantarolando junto com a música quando chamei:

— Pai?

— Oi?

Queria muito contar a ele. Queria compartilhar com ele minha novidade naquele instante perfeito, quando eu ainda era sua garotinha, no banco do carona, e ele ainda era o motorista. Seria um momento só nosso. Eu tinha parado de chamá-lo de papai no ensino fundamental, mas, ali no carro, meu coração dizia: *Papai, vou me casar.*

— Nada não — falei, depois de algum tempo.

Não poderia fazer uma coisa daquelas. Não poderia contar a ele antes de contar para minha mãe. Não seria certo.

Ele voltou a cantarolar.

Espere só mais um pouquinho, pai.

18

Achei que, depois da faculdade, demoraria algum tempo para me sentir em casa de novo, mas acabei entrando na minha antiga rotina quase instantaneamente. Antes do fim da primeira semana, eu já tinha desarrumado as malas, estava acordando cedo para tomar café da manhã com minha mãe e brigando com meu irmão por causa do estado em que ele deixava nosso banheiro. Eu era bagunceira, mas Steven elevava as definições de bagunça a um novo nível. Devia ser de família. Também comecei a trabalhar no Behrs outra vez, pegando quantos turnos eram possíveis, às vezes dois por dia.

Na noite antes de irmos todos para Cousins, para a inauguração do jardim de Susannah, Jere e eu conversamos ao telefone. Ficamos falando sobre coisas do casamento e contei a ele algumas das ideias de Taylor. Ele adorou todas, mas bateu o pé quanto ao sabor do bolo.

— Quero bolo de chocolate. Com recheio de framboesa.

— Talvez uma camada possa ser de cenoura e outra de chocolate — sugeri, encaixando o celular no ombro. — Acho que dá pra fazer isso.

Eu estava sentada no chão do meu quarto, contando as gorjetas da noite. Ainda não tinha tirado a camiseta do uniforme, embora estivesse cheia de manchas de gordura, mas eu estava cansada demais para me importar, e só afrouxei o lenço do pescoço.

— Um bolo de chocolate com framboesa e cenoura?

— Com cobertura de cream cheese na minha parte — lembrei a ele.

— Parece meio complicado, mas tudo bem. Vamos nessa.

Sorri para mim mesma enquanto empilhava minhas notas de um, de cinco e de dez. Jeremiah andava assistindo muito competições culinárias desde que chegara em casa.

— Bem, antes temos que conseguir pagar por esse bolo hipotético — falei. — Estou pegando todos os turnos que posso, e até agora só consegui juntar cento e vinte dólares. Taylor disse que bolos de casamento custam uma fortuna. Talvez seja melhor eu pedir à mãe dela que faça o bolo. A Sra. Jewel é uma ótima boleira. Mas provavelmente não seria nada muito elegante.

Jeremiah ficou em silêncio do outro lado da linha. Então disse:

— Não sei se você deveria continuar trabalhando no Behrs.

— Como assim? Precisamos do dinheiro.

— Eu sei, mas tenho o dinheiro que minha mãe deixou pra mim. Podemos usá-lo pro casamento. Não gosto de ver você se matando de trabalhar.

— Mas você também está trabalhando!

— Sou estagiário. É uma besteira. Fico sentado em um escritório, e você está se acabando em turnos dobrados no Behrs. Isso não está certo.

— Se isso é porque sou mulher e você é homem... — comecei.

— Não é isso. O que estou dizendo é: por que você tem que trabalhar tanto se tenho dinheiro guardado na poupança?

— Achei que tínhamos dito que faríamos isso sozinhos.

— Estou pesquisando algumas coisas na internet, e parece que vai ser muito mais caro do que pensamos. Mesmo se a gente fizer tudo o mais simples possível, ainda temos que pagar por comida, bebidas e flores. Só vamos nos casar uma vez, Belly.

— É verdade.

— Minha mãe ia querer contribuir, não é?

— Acho que sim...

Susannah mais do que contribuiria. Ela participaria de cada etapa do processo — comprar o vestido, decidir as flores e a comida, tudo. Iria querer que tudo fosse incrível. Sempre a imaginei no dia do meu casamento, sentada ao lado da minha mãe, usando um chapéu elegante. Era uma linda imagem.

— Então, deixe que ela contribua. Além do mais, você vai estar bem ocupada organizando todas as coisas do casamento com a Taylor.

Vou ajudar o máximo possível, mas ainda preciso ficar no trabalho de nove às cinco. Quando você marcar com o pessoal do bufê, com os floristas ou o que for, terá que fazer isso durante o dia, e eu não vou poder ir.

Fiquei realmente impressionada por ele ter pensado em tudo aquilo. Gostava desse outro lado de Jeremiah, pensando à frente, preocupado com minha saúde. Até porque eu também já tinha reclamado de calos nos pés.

— Vamos conversar mais sobre isso depois que contarmos aos nossos pais, então — falei.

— Você ainda está nervosa?

Eu vinha tentando não pensar muito sobre isso. No Behrs, concentrava toda a minha energia em servir cestas de pão, refis de bebidas e cortar fatias de cheesecake. Por um lado, ficava feliz por estar trabalhando em turnos dobrados, porque isso me mantinha fora de casa e longe do olhar atento da minha mãe. Não tinha usado meu anel de noivado desde que chegara em casa. Só o colocava no dedo à noite, sozinha no quarto.

— Estou com medo — confessei —, mas vou ficar aliviada quando finalmente contarmos. Detesto esconder coisas da minha mãe.

— Eu sei, Bells.

Olhei para o relógio. Era meia-noite e meia.

— Vamos sair cedo amanhã de manhã, acho melhor eu dormir. — Hesitei antes de perguntar. — Você vai só com o seu pai? O que ficou combinado com o Conrad?

— Não faço ideia. Não temos nos falado. Acho que ele chega de avião amanhã. Vamos ver se vai aparecer.

Eu não tinha certeza se o que sentia era alívio ou decepção. Provavelmente os dois.

— Duvido que ele vá — falei.

— Quando se trata do Con, nunca se sabe. Ele pode ir ou não. — E acrescentou: — Não se esqueça de levar seu anel.

— Não vou esquecer.

Então Jeremiah se despediu, e levei um bom tempo para conseguir dormir. Acho que estava com medo. Com medo de Conrad ir, e com medo de ele não ir.

19

Acordei antes de o despertador tocar. Já tinha tomado banho e colocado meu vestido novo antes mesmo de Steven acordar. Fui a primeira a entrar no carro.

Meu vestido era de chiffon de seda, cor de lavanda. Era justo, com alças finas e saia rodada, do tipo que uma garota em um musical usaria para girar por aí. Algo que Kim MacAffee usaria. Eu o vira na vitrine de uma loja em fevereiro, quando ainda estava frio demais para usá-lo sem meias. E não dava para usar aquele vestido com meias. Comprei com o cartão "só para emergências" do meu pai, o que eu nunca tinha feito antes. O vestido passou aquele tempo todo no meu armário, ainda coberto pelo plástico.

Quando minha mãe me viu, abriu um sorriso e disse:

— Você está linda. Beck adoraria esse vestido.

— Nada mal — comentou Steven.

Fiz uma pequena mesura para os dois. O vestido pedia.

Minha mãe foi dirigindo, e eu fui no banco do carona. Steven dormiu no banco traseiro, de boca aberta. Ele estava de camisa social e calça cáqui. Minha mãe também estava elegante, com um terninho azul-marinho e sapatos de salto bege.

— Conrad com certeza vai aparecer hoje, né, chuchuzinho? — perguntou minha mãe.

— É você quem fala com ele, não eu — respondi.

Apoiei os pés descalços no painel. Meus sapatos de salto estavam no chão do carro.

Minha mãe checou o retrovisor e disse:

— Faz semanas que não converso com ele, mas tenho certeza de que vai estar lá. Conrad não perderia um momento importante desses.

Não respondi, então ela me olhou de relance e falou:

— Você discorda?

— Desculpa, mãe, mas eu não teria muita esperança.

Eu não sabia por que não conseguia simplesmente concordar com ela. Não sabia o que estava me travando.

Porque eu acreditava, sim, que Conrad apareceria. Se não acreditasse, por que teria dedicado cuidados extras ao meu cabelo naquela manhã? No chuveiro, será que eu teria raspado as pernas não só uma vez, mas duas, por garantia? Teria usado aquele vestido novo e os sapatos de salto que me machucavam se não acreditasse sinceramente que iria vê-lo?

Não. Bem no fundo, eu mais do que acreditava. Eu sabia que Conrad apareceria.

— Teve alguma notícia de Conrad, Laurel? — perguntou o Sr. Fisher.

Estávamos eu, minha mãe, Steven, Jere e o Sr. Fisher parados no estacionamento do abrigo. As pessoas começavam a chegar. O Sr. Fisher já havia conferido duas vezes lá dentro, e nenhum sinal do filho.

Minha mãe balançou a cabeça.

— Não soube de nenhuma novidade. Quando falei com Conrad, no mês passado, ele confirmou que viria.

— Se ele estiver atrasado, podemos guardar um lugar — sugeri.

— É melhor eu entrar — disse Jeremiah, que ia receber a placa comemorativa em nome de Susannah.

Ficamos olhando enquanto ele se afastava porque não havia mais nada a fazer. Então, o Sr. Fisher falou:

— Talvez seja melhor entrarmos também.

Seu tom era desanimado. Seu queixo parecia machucado, provavelmente um corte feito ao se barbear.

— Vamos lá — disse minha mãe, endireitando o corpo. — Belly, por que você não espera aqui fora mais um pouco?

— Claro. Vão na frente. Eu espero.

Quando os três entraram no prédio, eu me sentei no meio-fio. Meus pés já estavam doendo. Esperei mais dez minutos, e, quando ele não apareceu, me levantei. Conrad não viria, afinal.

20

Conrad

Vi Belly antes de ela me ver. Estava na primeira fila, sentada ao lado do meu pai, de Laurel e Steven, com o cabelo preso nas laterais. Nunca a tinha visto com aquele penteado. Ela estava com um vestido lilás e parecia tão adulta. Então me dei conta de que ela amadurecera enquanto eu não estava por perto, que era muito provável que houvesse mudado, e eu já não a conhecesse mais. Mas, quando ela se levantou para aplaudir, vi o curativo em seu tornozelo e a reconheci de novo. Era Belly. Ela não parava de mexer nos grampos presos nos cabelos — um estava se soltando.

Meu voo tinha atrasado e, mesmo pisando fundo no acelerador, ao longo de todo o caminho até Cousins, ainda assim eu chegara atrasado para a homenagem. Jeremiah estava começando o discurso no momento em que eu entrei. Havia um lugar vazio na frente, ao lado do meu pai, mas preferi ficar de pé, no fundo. Vi Laurel se remexendo no assento, examinando o salão, antes de se virar de volta. Ela não me viu.

Uma funcionária do abrigo se levantou e agradeceu a presença de todos. Ela falou sobre como minha mãe havia sido incrível, como era dedicada ao abrigo, quanto dinheiro havia arrecadado, como conscientizara a comunidade. Disse que Susannah tinha sido um presente. Era engraçado: eu sabia que minha mãe estava envolvida com o abrigo de mulheres, mas não sabia quanto ela se dedicara. Senti vergonha quando me lembrei da vez em que ela me pedira para ajudar a servir refeições em um sábado de manhã. Eu me recusara, disse a ela que tinha mais o que fazer.

Jere se levantou e foi até o púlpito.

— Obrigado, Mona — começou ele. — Hoje é um dia muito importante pra minha família, e sei que também seria pra minha mãe. O abrigo de mulheres era realmente importante pra ela. Mesmo quando não estávamos aqui em Cousins, ela não esquecia de vocês. E amava flores. Costumava dizer que precisava de flores pra respirar. Minha mãe teria ficado honrada com esse jardim.

Foi um bom discurso. Mamãe teria ficado orgulhosa de vê-lo no palco. Eu também deveria estar lá — ela teria gostado. E também teria gostado das rosas.

Vi Jere se sentar na primeira fila, ao lado de Belly. Notei quando ele pegou a mão dela — meu estômago deu um nó, e me escondi atrás de uma mulher de chapéu de aba larga.

Aquilo era um erro. Voltar tinha sido um erro.

21

Os discursos terminaram, e todos saíram para ver o jardim.

— Que tipo de flores você quer pro casamento? — perguntou Jeremiah, baixinho.

Sorri e dei de ombros.

— Qualquer uma que seja bonita.

O que eu sabia sobre flores? O que eu sabia sobre casamentos, aliás? Não tinha ido a muitos, só ao da minha prima, Beth, quando fui dama de honra, fazendo par com nosso vizinho. Mas gostava daquele jogo que estávamos jogando. Era como um faz de conta, só que de verdade.

Então vi Conrad parado mais ao fundo, de terno cinza. Eu o encarei, e ele acenou para mim. Ergui minha mão, mas não me movi. Não conseguia me mexer.

Ouvi Jeremiah pigarrear ao meu lado. Levei um susto. Eu tinha esquecido que ele estava parado ali. Por aqueles poucos segundos, esqueci tudo.

O Sr. Fisher passou por nós e foi falar com o filho. Os dois se abraçaram. Minha mãe puxou Conrad para um abraço, e meu irmão veio por trás e lhe deu um soquinho carinhoso nas costas. Jeremiah também foi falar com ele.

Fui a última. Enrolei, caminhando devagar até eles.

— Oi — falei.

Não sabia o que fazer com as mãos, por isso não fiz nada.

— Oi — disse Conrad.

Ele abriu bem os braços, me encarando com uma expressão muito desafiadora. Eu me aproximei, hesitante. Conrad me puxou para um abraço apertado, me levantando um pouco do chão. Dei um gritinho e segurei a saia do vestido. Todos riram. Voltei para perto de Jeremiah assim que Conrad me colocou no chão. Ele não estava rindo.

— Conrad está feliz por ter a irmãzinha por perto de novo — comentou o Sr. Fisher em um tom jovial.

Eu me perguntei se ele ao menos sabia que Conrad e eu já havíamos namorado. Provavelmente não. Foi apenas por seis meses, nada comparado com o tempo que eu e Jeremiah já estávamos juntos.

— Como você está, irmãzinha? — perguntou Conrad, com aquela sua expressão clássica, em parte sarcástica, em parte brincalhona. Eu conhecia aquele olhar, já o vira muitas vezes.

— Ótima — falei, olhando para Jeremiah. — Estamos realmente ótimos.

Jere não olhou para mim. Em vez disso, tirou o celular do bolso, conferiu as horas e anunciou:

— Estou morrendo de fome.

Senti um nó no estômago. Ele estava bravo comigo?

— Vamos tirar umas fotos no jardim antes de irmos — sugeriu minha mãe.

O Sr. Fisher esfregou as mãos, animado, abraçou os filhos e disse:

— Quero uma foto dos homens Fisher. Viva os Pescadores!

Todos demos risada, inclusive Jeremiah. Era uma das piadas mais antigas e bobas do Sr. Fisher. Sempre que ele e os garotos voltavam de pescarias, ele brincava com a tradução do sobrenome deles: "Os Pescadores Fisher voltaram!"

Tiramos fotos de Jeremiah, do Sr. Fisher e de Conrad no jardim de rosas de Susannah, depois uma com Steven também, e então uma comigo, minha mãe, Steven e Jeremiah — fizemos todo tipo de combinação.

— Quero uma só da Belly comigo — pediu Jere.

Fiquei aliviada. Paramos em frente às rosas e, no instante em que minha mãe ia tirar a foto, Jeremiah me deu um beijo no rosto.

— Essa ficou bonita — elogiou minha mãe, e continuou: — Agora vamos tirar uma de todas as crianças.

Ficamos parados juntos: Jeremiah, Conrad, eu e Steven. Conrad passou os braços ao redor dos meus ombros e dos de Jeremiah. Foi como se o tempo não tivesse passado. A turma do verão estava reunida mais uma vez.

Fui no carro de Jeremiah até o restaurante. Minha mãe e Steven foram juntos, e o Sr. Fisher e Conrad seguiram cada qual no seu carro.

— Talvez não devêssemos contar a eles hoje — falei de repente. — Talvez seja melhor esperar.

Jeremiah abaixou a música.

— Como assim?

— Não sei. Pensei que hoje pudesse ser um dia só pra Susannah, pra família. Talvez a gente devesse esperar.

— Não quero esperar. Nosso casamento *tem* a ver com a família. Tem a ver com nossas duas famílias se unirem, se tornarem uma só. — Ele sorriu, pegou minha mão e a ergueu no ar. — Quero que você possa usar seu anel agora mesmo, cheia de orgulho.

— *Estou* cheia de orgulho — afirmei.

— Então, vamos fazer como planejamos.

— Está bem.

Quando paramos no estacionamento do restaurante, Jeremiah me avisou:

— Não se magoe se... você sabe, se ele disser alguma coisa.

Eu o encarei sem entender.

— Quem?

— Meu pai. Você sabe como ele é. Não pode levar pro lado pessoal, está certo?

Assenti.

Entramos no restaurante de mãos dadas. Os outros já estavam lá, sentados a uma mesa redonda.

Eu me sentei com Jeremiah à esquerda e meu irmão à direita. Peguei um pãozinho na cesta, enchi de manteiga e logo enfiei tudo na boca.

Steven balançou a cabeça. *Gulosa*, murmurou ele, só mexendo os lábios.

— Não tomei café da manhã — retruquei, irritada.

— Pedi alguns petiscos — disse o Sr. Fisher.

— Obrigada — falei, com a boca ainda cheia.

Ele sorriu.

— Belly, somos todos adultos aqui. Acho que você já pode me chamar de Adam. Chega de Sr. Fisher.

Jeremiah apertou minha perna por baixo da mesa. Quase ri alto. Então, outra coisa me ocorreu... Será que eu teria que chamar o Sr. Fisher de "pai" depois de casada? Precisava conversar com Jeremiah sobre isso.

— Vou tentar — prometi. O Sr. Fisher ficou me olhando, esperando. Então, acrescentei: — Adam.

Steven perguntou a Conrad:

— E aí, por que você nunca sai da Califórnia?

— Estou aqui, não estou?

— Sim, mas é praticamente a primeira vez que você sai de lá — implicou Steven, então baixou a voz. — Está com alguma garota?

— Não — disse Conrad. — Não tem garota nenhuma.

O champanhe chegou; quando nossas taças estavam cheias, o Sr. Fisher bateu com a faca na dele.

— Gostaria de fazer um brinde — anunciou.

Minha mãe revirou os olhos discretamente. O Sr. Fisher era famoso por gostar de fazer discursos, mas o dia pedia mesmo um.

— Quero agradecer a todos por se reunirem aqui hoje pra homenagear Susannah. É uma data especial, e estou feliz por estarmos juntos. — Ele ergueu a taça. — A Suz.

Minha mãe assentiu e disse:

— A Beck.

Todos brindamos e bebemos. E, antes que eu pudesse pousar meu copo, Jeremiah, me lançou um olhar do tipo: "Prepare-se, é agora."

Senti o estômago se revirar. Tomei outro gole de champanhe e assenti.

— Tenho algo a dizer — anunciou Jeremiah.

Enquanto todos esperavam para ouvir do que se tratava, lancei um olhar rápido na direção de Conrad. Ele estava com um dos braços apoiado nas costas da cadeira de Steven, os dois estavam rindo de alguma coisa. Parecia tranquilo e relaxado.

Tive um impulso louco de deter Jeremiah, de tapar sua boca, de impedir que falasse. Todos estavam tão felizes. O que ele estava prestes a dizer estragaria o clima.

— Já vou adiantar que é uma ótima notícia. — Jere abriu um enorme sorriso, e eu me preparei. Achei que ele estava animadinho demais. Minha mãe não ia gostar. — Pedi Belly em casamento, e ela aceitou. Ela aceitou! Vamos nos casar em agosto!

Foi como se o restaurante tivesse ficado completamente em silêncio de repente, como se todo o barulho e todas as conversas tivessem sido sugados do salão. Tudo simplesmente parou. Olhei para minha mãe, do outro lado da mesa. Ela estava pálida. Steven engasgou com a água que estava bebendo e perguntou, tossindo:

— Como é que é...?

O rosto de Conrad não transparecia emoção alguma.

Foi surreal.

O garçom chegou nesse momento com as entradas — lulas, coquetel de camarão e uma torre de ostras.

— Já querem pedir os pratos principais? — perguntou, rearrumando a mesa para abrir espaço para os pratos.

Com a voz muito tensa, o Sr. Fisher falou:

— Acho que vamos precisar de mais alguns minutos.

E olhou de relance para minha mãe.

Ela parecia zonza. Abriu e fechou a boca, então me encarou e perguntou:

— Você está grávida?

Senti o rosto queimar. Ao meu lado, mais senti do que ouvi Jere engasgar.

A voz da minha mãe tremia quando ela continuou, em um tom estridente:

— Não acredito nisso. Quantas vezes conversamos sobre contraceptivos, Isabel?

Eu não poderia ter ficado mais envergonhada. Olhei para o Sr. Fisher, que estava roxo, e então para o garçom, que servia água na mesa ao lado da nossa. Nossos olhos se encontraram. Eu tinha quase certeza de que ele estava na minha turma de psicologia.

— Mãe, não estou grávida!

Jeremiah se apressou a completar:

— Laurel, juro pra você que não é nada disso.

Minha mãe o ignorou. Ela só olhava para mim.

— Então o que está acontecendo aqui? De onde saiu essa ideia?

De repente, senti meus lábios muito secos. Passaram pela minha cabeça as circunstâncias que tinham levado Jeremiah a me pedir em casamento, e afastei o pensamento mais que depressa. Nada daquilo importava. O que importava era que estávamos apaixonados.

— Queremos nos casar, mãe.

— Você é jovem demais — retrucou ela, decidida. — Vocês dois são jovens demais.

Jeremiah tossiu.

— Laurel, nós nos amamos e queremos ficar juntos.

— Vocês *estão* juntos — retrucou minha mãe, irritada. Então, virou-se para o Sr. Fisher, os olhos semicerrados. — Você sabia disso?

— Acalme-se, Laurel. Eles estão brincando. É brincadeira, não é?

Jere e eu nos entreolhamos, e ele respondeu, em voz baixa:

— Não, nós não estamos brincando.

Minha mãe tomou o resto do champanhe de um gole só.

— Vocês não vão se casar e ponto final. Os dois ainda estão na faculdade, pelo amor de Deus. Que palhaçada.

O Sr. Fisher pigarreou e falou:

— Talvez depois de vocês dois se formarem possamos conversar sobre isso de novo.

— Alguns anos depois de se formarem — acrescentou minha mãe.

— Certo — concordou o Sr. Fisher.

— Pai... — começou Jeremiah.

O garçom reapareceu ao lado do Sr. Fisher antes que Jeremiah conseguisse terminar o que quer que estivesse prestes a dizer. Ele só ficou parado ali por um instante, parecendo constrangido, antes de perguntar:

— Vocês têm alguma dúvida em relação ao cardápio? Ou, ah, vamos ficar só nas entradas hoje?

— Já pode trazer a conta — respondeu minha mãe, tensa.

Tanta comida na mesa e ninguém tocava nela, ninguém dizia nada. Eu estava certa: tinha sido um erro — um erro tático de proporções épicas. Nunca deveríamos ter contado daquele jeito. Agora, todos na mesa eram uma equipe unida contra nós. Mal conseguiríamos dizer uma palavra.

Enfiei a mão na bolsa e, embaixo da toalha de mesa, coloquei meu anel de noivado. Foi a única coisa que consegui pensar em fazer. Quando estendi a mão para pegar meu copo de água, Jeremiah reparou no anel e apertou mais uma vez meu joelho. Minha mãe também viu — seus olhos faiscaram, e ela desviou o olhar.

O Sr. Fisher pagou a conta e, ao menos daquela vez, minha mãe nem discutiu. Todos nos levantamos. Steven apressou-se em encher um guardanapo com camarão. Quando saímos, eu atrás da minha mãe e Jeremiah seguindo o pai, ouvi Steven sussurrando para Conrad logo atrás de mim:

— Cacete, cara. Que loucura. *Você* sabia disso?

Conrad respondeu que não. Já do lado de fora, ele se despediu da minha mãe com um abraço, então entrou no carro e foi embora. Não olhou para trás nem uma vez.

Quando chegamos ao carro, pedi bem baixinho a minha mãe:

— Pode me passar a chave?
— Pra quê?

Umedeci os lábios.

— Preciso pegar minha mochila na mala. Vou voltar com Jeremiah, lembra?

Notei que minha mãe se esforçava para controlar a irritação.

— Não vai, não — retrucou ela. — Você vai pra casa conosco.

— Mas, mãe...

Antes que eu pudesse terminar, ela já havia entregado as chaves para Steven e se acomodado no banco do carona, fechando a porta.

Olhei desolada para Jeremiah. O Sr. Fisher já estava no carro dele, e Jere ficou para trás, esperando. Eu queria ir embora com ele mais do que qualquer coisa. Estava muito, muito assustada com a perspectiva de entrar no carro com minha mãe. Ela com certeza ia me comer viva.

— Entre no carro, Belly — pediu Steven. — Não piore a situação.

— É melhor você ir — concordou Jeremiah.

Corri até ele e o abracei com força.

— Ligo pra você de noite — sussurrou Jere, com o rosto enfiado no meu cabelo.

— Atendo se ainda estiver viva — sussurrei de volta.

Eu me afastei e entrei no banco de trás do carro da minha mãe. Steven deu a partida, o guardanapo branco cheio de camarões amontoado no colo. Minha mãe encontrou meus olhos no retrovisor e disse:

— Você vai devolver esse anel, Isabel.

Se eu recusasse agora, tudo estaria perdido. Precisava ser forte.

— Não vou, não — avisei.

22

Minha mãe e eu não nos falamos por uma semana. Eu a evitei, e ela me ignorou. Trabalhei no Behrs principalmente para poder ficar fora de casa. Almoçava e jantava lá. Depois dos turnos, ia para a casa de Taylor e, quando chegava em casa, ligava para Jeremiah. Ele implorou para que eu ao menos o deixasse tentar conversar com minha mãe. Eu sabia que Jere não queria que ela o odiasse e lhe garanti que não era com ele que minha mãe estava furiosa. O problema era comigo.

Uma noite, depois de um longo turno no restaurante, estava indo para o meu quarto, mas parei de repente. Ouvi o som abafado da minha mãe chorando atrás da porta fechada. Fiquei paralisada, o coração disparado. Ali, do lado de fora, ouvindo-a chorar, quase desisti de tudo. Naquele momento, eu teria feito qualquer coisa, dito qualquer coisa, para fazê-la parar de sofrer. Naquele momento, ela conseguiria o que quisesse de mim. Eu já estava com a mão na maçaneta, e as palavras estavam na ponta da minha língua: "Tudo bem, não vou fazer isso."

Mas então o som parou. Minha mãe tinha parado de chorar. Esperei mais um pouco e, quando não ouvi mais nada, soltei a maçaneta e fui para o meu quarto. No escuro, troquei de roupa, me deitei na cama e chorei também.

Acordei com o cheiro do café turco do meu pai. Apenas por aqueles poucos segundos entre o sono e o despertar, voltei a ter dez anos de idade — meu pai ainda morava com a gente, e minha maior preocupação era o dever de matemática. Já estava quase adormecendo de novo quando despertei com um susto.

Só havia uma razão para meu pai estar em casa. Minha mãe tinha contado para ele. Eu queria que tivesse sido eu a contar, a explicar. Mamãe tinha tirado esse momento de mim. Fiquei com raiva, mas ao mesmo tempo feliz. Se minha mãe contou ao meu pai, então finalmente estava levando a ideia a sério.

Tomei banho e desci. Os dois estavam sentados na sala de estar, tomando café. Meu pai usava suas roupas de fim de semana — jeans e uma camisa xadrez de mangas curtas. E um cinto, sempre um cinto.

— Bom dia — falei.

— Sente-se — mandou minha mãe, pousando a caneca em um porta-copos.

Foi o que fiz. Meus cabelos ainda estavam molhados, e eu tentava desembaraçá-los com um pente.

Meu pai pigarreou e disse:

— Sua mãe me contou o que está acontecendo.

— Pai, eu mesma queria ter contado a você, de verdade. A mamãe me atropelou.

Lancei um olhar sério para ela, que não pareceu nem um pouco abalada.

— Também não sou a favor disso, Belly. Acho que vocês são novos demais. — Ele pigarreou de novo. — Sua mãe e eu conversamos e, se você quiser morar com Jeremiah em um apartamento no próximo período, vamos permitir. Vocês vão ter que arcar com os custos extras se for mais caro do que os quartos nos alojamentos, mas vamos continuar pagando nossa parte.

Eu não esperava por aquilo. Uma proposta de acordo. Tinha certeza de que fora ideia do meu pai, mas não podia aceitar.

— Pai, eu não quero só morar com o Jere. Não é por isso que vamos nos casar.

— Então *por que* vocês vão se casar? — perguntou minha mãe.

— Nós nos amamos. Pensamos muito a respeito, de verdade.

Minha mãe apontou para a minha mão esquerda.

— Quem pagou por esse anel? Sei que Jeremiah não está trabalhando.

Pousei a mão no colo.

— Ele comprou no cartão de crédito — expliquei.

— O cartão de crédito que Adam paga. Se Jeremiah não pode pagar por um anel, não deveria ter comprado um.

— Não foi muito caro.

Eu não fazia ideia de quanto o anel tinha custado, mas o diamante era tão pequeno que imaginei que não tivesse sido assim *tão* caro.

Minha mãe suspirou, desviou os olhos para meu pai e voltou a me encarar.

— Você talvez não acredite, mas, quando seu pai e eu nos casamos, estávamos muito apaixonados. Muito, muito mesmo. Começamos o casamento com as melhores intenções. Mas isso não foi o bastante para manter o relacionamento.

O amor deles um pelo outro, por Steven e por mim, pela nossa família, nada disso foi o bastante para fazer o casamento dar certo. Eu já sabia de tudo isso.

— Você se arrepende? — perguntei a ela.

— Belly, não é simples assim.

Eu a interrompi.

— Se arrepende da nossa família? Se arrepende de mim e de Steven?

Ela suspirou profundamente antes de responder:

— Não.

— Você se arrepende, pai?

— Belly, não. É claro que não. Não é isso que sua mãe está tentando dizer.

— Jeremiah e eu não somos vocês dois. Nós nos conhecemos a vida toda. — Tentei apelar para meu pai. — Pai, sua prima, a Martha, se casou jovem e está com o Bert há, sei lá, trinta anos! Pode dar certo, sei que pode. Jere e eu vamos fazer dar certo, que nem eles. Vamos ser felizes. Só queremos que vocês fiquem felizes por nós. Por favor, fiquem felizes por nós.

Meu pai esfregou a barba de um modo que eu conhecia muito bem — ele passaria a bola para minha mãe, como de costume. A qualquer instante, ele a encararia com uma pergunta nos olhos. Agora estava nas mãos dela. Na verdade, sempre estivera.

Nós dois olhamos para minha mãe. Ela julgaria o caso. Era assim que as coisas funcionavam em nossa família. Minha mãe fechou os olhos por um momento e falou:

— Não vou apoiar essa decisão, Isabel. Se você insistir nesse casamento, não vou concordar. Não vou participar.

Aquilo me tirou o fôlego. Ainda que eu estivesse esperando que ela continuaria achando aquela ideia estúpida.... ainda assim. Achei que minha mãe cederia, ao menos um pouco.

— Mãe — falei, a voz falhando —, por favor.

Meu pai pareceu abalado quando disse:

— Belly, vamos só pensar um pouco mais a respeito, está bem? É tudo muito repentino pra nós.

Eu o ignorei e encarei minha mãe.

— Mãe? Sei que não está falando sério — falei, em tom de súplica.

Ela balançou a cabeça.

— Estou falando muito sério.

— Mãe, você não pode não ir ao meu casamento. Isso é loucura. Tentei soar calma, como se não estivesse à beira de um ataque de nervos.

— Não, loucura é a ideia de uma adolescente se casar. — Ela comprimiu os lábios com força. — Não sei o que dizer pra convencer você disso. O que quer que eu diga, Isabel?

— Nada.

Minha mãe se inclinou para a frente, os olhos fixos em mim.

— Não faça isso — insistiu ela.

— Já está decidido. Vou me casar com Jeremiah. — Eu me levantei, agitada. — Se não pode ficar feliz por mim, então talvez... talvez seja melhor você não ir mesmo ao casamento.

Eu já estava na escada quando meu pai me chamou.

— Belly, espere.
Parei, então ouvi minha mãe dizer.
— Deixa ela.

Já no meu quarto, liguei para Jeremiah. A primeira coisa que ele disse foi:
— Quer que eu fale com ela?
— Não vai ajudar. Estou dizendo, ela está determinada. Conheço minha mãe, ela não vai ceder. Pelo menos não por enquanto.
Ele ficou em silêncio.
— Então o que você quer fazer?
— Não sei.
Comecei a chorar.
— Quer adiar o casamento?
— Não!
— Então o que vamos fazer?
Sequei o rosto e falei:
— Acho que a gente simplesmente tem que seguir em frente com o casamento. Começar a planejar.
Assim que desligamos, comecei a ver as coisas com mais clareza. Eu só precisava separar a razão da emoção. Recusar-se a ir ao casamento era o trunfo da minha mãe, era sua única cartada. E era um blefe. Tinha que ser. Não importava quanto estivesse aborrecida ou decepcionada comigo, eu não conseguia acreditar que ela faltaria ao casamento da única filha. Impossível.
Eu só precisava seguir em frente e tocar o casamento. Ele iria acontecer, com ou sem minha mãe ao meu lado.

23

Eu estava guardando a roupa lavada quando Steven bateu à porta do meu quarto, mais tarde naquela noite. Como sempre, ele só me deu alguns segundos para responder antes de sair entrando — Steven nunca esperava que eu dissesse "entre". Ele ficou parado no meu quarto, meio constrangido, apoiado na parede, os braços cruzados.

— O que foi? — perguntei, embora já soubesse.

— Entãããão... você e o Jere estão falando sério?

Empilhei algumas camisetas dobradas.

— Sim.

Steven atravessou o quarto, sentou-se à escrivaninha e pensou na resposta por um instante. Então me encarou, sentado ao contrário na cadeira.

— Você tem noção de que isso é doideira, né? A gente não mora no interior. Não tem por que você se casar tão nova.

— O que você sabe sobre o interior? — debochei. — Nunca esteve lá.

— Essa não é a questão.

— E qual é a questão, afinal?

— O que estou dizendo é que vocês são novos demais.

— A mamãe mandou você vir aqui falar comigo?

— Não — respondeu ele, e soube na mesma hora que estava mentindo. — Só estou preocupado.

Eu o encarei.

— Está bem, é, ela me mandou aqui, sim — admitiu Steven. — Mas eu teria vindo de qualquer modo.

— Você não vai me fazer mudar de ideia.

— Olha, ninguém conhece vocês dois melhor do que eu. — Ele parou para pesar as palavras. — Eu amo o Jere... ele é como um irmão pra mim. Mas você é minha irmãzinha. Você vem primeiro. Toda essa ideia de casamento... Foi mal, mas acho uma estupidez. Se vocês se amam tanto assim, podem esperar alguns anos pra se casar. E, se não é o caso, com certeza não deveriam se casar.

Eu me senti comovida e irritada ao mesmo tempo. Steven nunca dizia coisas como "Você vem primeiro." Mas então ele me chamou de estúpida, o que era mais a cara dele.

— Não espero que você entenda — retruquei. Dobrei, depois tornei a dobrar, uma camiseta. — Jeremiah quer que você e Conrad sejam padrinhos.

Steven abriu um sorriso.

— É mesmo?

— Sim.

Ele pareceu realmente feliz, mas então me pegou encarando-o, e o sorriso se apagou.

— Acho que a mamãe não vai me deixar ir ao casamento.

— Steven, você tem vinte e um anos. Pode decidir isso por si mesmo.

Ele franziu o cenho. Percebi que tinha ferido seu orgulho.

— Bem, ainda não acho que você esteja tomando uma decisão muito inteligente — frisou.

— Anotado. Mas vou me casar mesmo assim.

— Ah, cara, a mamãe vai me matar. Eu deveria convencer você a desistir do casamento, não me juntar ao grupo de padrinhos — disse Steven, e se levantou.

Disfarcei um sorriso. Quer dizer, até meu irmão acrescentar:

— É melhor Con e eu começarmos a planejar a despedida de solteiro logo.

Eu me apressei a avisar:

— Jere não quer nada disso.

Steven estufou o peito.

— Não se mete nisso, Belly. Você é menina. Isso é coisa de homem.
— Coisa de *homem*?
Ele sorriu, saiu e fechou a porta do meu quarto.

24

Apesar do que falei para Steven, ainda me peguei esperando pela minha mãe. Esperando que ela se aproximasse, que cedesse. Não queria começar a planejar o casamento até ela concordar. Mas, conforme os dias se passavam e ela se recusava a falar sobre o assunto, percebi que não poderia esperar mais.

Graças a Deus eu tinha a Taylor.

Ela levou lá para casa um grande fichário branco com recortes de revistas de casamento, listas e todo tipo de cosia.

— Eu estava guardando isso pro meu casamento, mas podemos usar pro seu também — explicou.

Tudo que eu tinha era uma folha de um dos blocos amarelos da minha mãe. Eu havia escrito CASAMENTO no alto e feito uma lista de coisas necessárias. A lista parecia muito pobre perto do fichário de Taylor.

Estávamos sentadas na minha cama, cercadas por papéis e revistas de noivas. Taylor encarava tudo como uma profissional.

— Vamos começar pelo princípio. Temos que encontrar um vestido pra você. Agosto está muito, muito em cima.

— Não parece assim *tão* em cima — retruquei.

— Bem, mas está. Dois meses pra planejar um casamento não são nada. Em termos de casamento, isso é, tipo, amanhã.

— Mas acho que, como a cerimônia vai ser simples, o vestido também tem que ser — falei.

Taylor franziu o cenho.

— Defina simples.

— Simples mesmo. O mais simples possível. Nada armado ou cheio de frufrus.

Ela assentiu.

— Estou visualizando. Algo tipo Cindy Crawford se casando na praia, tipo Carolyn Bessette.

— Sim, alguma coisa assim.

Eu não fazia ideia de como eram nenhum dos dois vestidos que ela mencionou nem sabia quem era Carolyn Bessette. Depois que eu tivesse o vestido de noiva, o casamento pareceria mais real, eu conseguiria visualizá-lo. Naquele exato momento, ainda parecia abstrato demais.

— E quanto aos sapatos?

Olhei para ela.

— Não vou usar sapatos de salto na praia. Mal consigo andar de salto no asfalto.

Taylor me ignorou.

— E o meu vestido de madrinha?

Afastei algumas revistas no carpete para poder me deitar. Estiquei as pernas o máximo que consegui e as apoiei na parede.

— Estava pensando em amarelo-mostarda. Talvez em um tecido acetinado.

Taylor odiava amarelo-mostarda.

— Cetim amarelo-mostarda — repetiu ela, assentindo e tentando não demonstrar sua decepção. Dava para ver que estava dividida entre a própria vaidade e sua crença de que a noiva estava sempre certa. — Pode funcionar pro tom de pele da Anika. Sou mais clara, mas se começar a me bronzear agora, também pode dar certo.

Eu ri.

— Estou brincando. Você pode usar o que quiser.

— Boba! — disse Taylor, parecendo aliviada. Ela me deu um tapa na coxa. — Você é tão imatura! Não acredito que vai se casar!

— Nem eu.

— Mas acho que faz sentido, em um universo paralelo meio *Além da imaginação*. Você e Jere se conhecem há, sei lá, um zilhão de anos. Era pra ser.

— Quanto é um zilhão de anos?
— É desde sempre. — Ela desenhou minhas iniciais no ar. — B.C. + J.F. para sempre.
— Para sempre — repeti, feliz.
Para sempre funcionava para mim. Eu e Jere.

25

Passei no escritório da minha mãe no dia seguinte, a caminho do shopping, onde encontraria Taylor.

— Vou procurar um vestido — disse, à porta.

Ela parou de digitar e ergueu os olhos para mim.

— Boa sorte — disse.

— Obrigada.

Imagino que ela poderia ter dito coisas piores que "boa sorte", mas a ideia não fez com que eu me sentisse melhor.

A loja de roupas de festa no shopping estava cheia de garotas procurando vestidos de formatura com suas mães. Eu não esperava sentir a pontada de tristeza que me atingiu quando as vi. Garotas deveriam ir comprar vestidos de noiva com suas mães. Deveriam sair do provador usando o vestido perfeito, e a mãe diria, com a voz embargada: "É esse." Eu tinha certeza de que era assim que deveria ser.

— Não está um pouco tarde pro baile de formatura? — perguntei a Taylor. — O nosso não foi em maio?

— Minha irmã me contou que adiaram o baile por causa de um escândalo envolvendo o vice-diretor — explicou ela. — A verba do baile sumiu, ou coisa parecida. Então agora vai ser uma "bailortura", formatura e baile de formatura.

Eu ri.

— Bailortura!

— Além disso, o baile das escolas particulares é sempre mais tarde, lembra? O da Collegiate e o da St. Joe foram assim.

— Só fui a um baile de formatura — lembrei a ela. E tinha sido mais que o bastante para mim.

Circulei pela loja até encontrar um vestido que me agradasse — era tomara que caia, de um branco ofuscante. Até ali, eu nunca me dera conta de que havia vários tons de branco, achava que branco era branco. Quando me juntei a Taylor, ela estava com uma pilha de vestidos no braço. Tivemos que esperar na fila por um lugar nos provadores.

A garota na minha frente disse à mãe:

— Vou surtar se alguém usar o mesmo vestido que eu.

Taylor e eu reviramos os olhos uma para a outra. *Vou surtar*, imitou Taylor, apenas movendo os lábios.

Parecia que estávamos naquela fila a vida toda.

— Experimente esse primeiro — ordenou Taylor, quando chegou minha vez.

Obedeci prontamente.

— Vem! — gritou ela, da cadeira perto do espelho de três faces, onde estava acampada junto com as mães.

— Acho que não gosto desse — falei, ainda dentro do provador. — É cintilante demais. Pareço Glinda, a bruxa boa, ou qualquer coisa assim.

— Dá pra você sair e me deixar ver?!

Saí, e já havia duas outras garotas diante de espelho, se mirando de costas. Parei atrás delas.

Então, a garota que minutos antes tinha dito que *surtaria* se alguém usasse o mesmo vestido que ela saiu do provador usando o mesmo vestido que eu, só que em um tom champanhe. Ela me viu e perguntou na mesma hora:

— A que baile de formatura você vai?

Taylor e eu nos entreolhamos pelo espelho. Taylor estava rindo, cobrindo a boca.

— Não vou a nenhum baile de formatura — falei.

— Ela vai se casar! — anunciou Taylor.

A garota ficou boquiaberta.

— Quantos anos você tem? Parece tão nova.

— Não sou tão nova assim — retruquei. — Tenho dezenove anos.

Eu só faria aniversário em agosto, mas dezenove parecia bem mais velha que dezoito.

— Ah. Achei que fôssemos, tipo, da mesma idade.

Eu nos olhei no espelho, as duas com o mesmo vestido. Também achei que parecíamos ter a mesma idade. Vi a mãe da garota me encarando e cochichando com a mulher ao lado dela, e senti que ruborizava.

Taylor também viu isso e disse bem alto:

— Mal dá pra ver que ela está com três meses de gravidez.

A mulher arquejou. Então, balançou a cabeça para mim, e dei de ombros de leve. Taylor pegou minha mão e voltamos correndo para o provador, rindo.

— Você é uma boa amiga — falei, enquanto ela abria o zíper para mim.

Nós nos encaramos no espelho, eu no meu vestido branco, ela de bermuda e chinelo. Senti vontade de chorar, mas então Taylor salvou o momento e me fez rir. Ela ficou vesga e colocou a língua para fora. Era bom rir de novo.

Três lojas depois, nos sentamos na praça de alimentação, ainda sem vestido de noiva. Taylor comeu batatas fritas, e eu tomei iogurte frozen com confeitos coloridos. O dia não estava sendo tão divertido quanto eu esperava.

Taylor se inclinou para a frente e enfiou uma batata frita já cheia de ketchup no meu iogurte. Afastei o copo da mão dela.

— Taylor! Que nojo!

Ela deu de ombros.

— Isso vindo da garota que coloca açúcar nos sucrilhos? — Ela me estendeu uma batata frita, mandando: — Experimente.

Enfiei a batata no copo de iogurte, com cuidado para não esbarrar em nenhum confeito, porque aí seria nojento demais. Botei a batata frita na boca. Não era ruim. Engoli e comentei:

— E se não acharmos um vestido?

— Vamos achar — garantiu Taylor, e me estendeu outra batata frita. — Não perca as esperanças assim tão rápido.

Ela estava certa. Encontramos o vestido na loja seguinte. Foi o último que experimentei. Todos os outros ou não tinham ficado tão legais ou eram caros demais. Aquele vestido era longo, branco, de seda, algo que eu poderia usar na praia. Não era caro demais, o que me agradava. Mas o mais importante de tudo foi que, quando me olhei no espelho, consegui me imaginar casando com ele.

Saí do provador nervosa, alisando o vestido. E ergui os olhos para Taylor.

— O que acha?

Os olhos dela estavam brilhando.

— É perfeito. Simplesmente perfeito.

— Acha mesmo?

— Venha se ver nesse espelho e me diga você mesma, sua tonta.

Subi na plataforma diante do espelho, rindo, e me encarei no espelho de três faces. Era aquele. Aquele era meu vestido de noiva.

26

Naquela noite, experimentei de novo o meu vestido e liguei para Jeremiah.

— Finalmente encontrei meu vestido — contei. — Estou usando ele agora.

— Como é?

— Isso é surpresa. Mas prometo que é muito lindo. Taylor e eu o encontramos na quinta loja em que entramos. Nem foi muito caro. — Passei a mão pelo tecido sedoso. — Serviu perfeitamente, então nem vou precisar fazer ajustes, nem nada.

— Então por que você está parecendo tão triste?

Eu me sentei no chão e puxei os joelhos junto ao peito.

— Não sei. Talvez porque minha mãe não estivesse lá pra me ajudar a escolher... Sempre achei que comprar um vestido de casamento fosse algo especial, algo que minha mãe e eu faríamos juntas, mas ela não estava lá. Foi legal ir com a Taylor, mas queria que mamãe também estivesse presente.

Jeremiah ficou em silêncio por algum tempo. Então falou:

— Você chamou sua mãe pra ir com você?

— Não, na verdade, não. Mas ela sabia que eu a queria lá. Odeio que ela não faça parte disso.

Eu havia deixado a porta do quarto aberta, na esperança de que minha mãe passasse por ali, me visse usando o vestido e parasse. Até então, isso não acontecera.

— Ela vai mudar de ideia.

— Espero que sim. Não se sei se consigo me visualizar casando sem que ela esteja presente, sabe?

Ouvi Jere deixar escapar um suspiro.

— Eu entendo, também me sinto assim — disse ele, e percebi que estava pensando em Susannah.

Na manhã seguinte, minha mãe e eu estávamos tomando café — ela com seu iogurte com granola, eu com meus waffles congelados —, quando a campainha tocou.

Ela ergueu os olhos do jornal que estava lendo.

— Está esperando alguém? — perguntou.

Balancei a cabeça e me levantei para ver quem era. Abri a porta da frente, imaginando que poderia ser Taylor com mais revistas de noiva. Mas era Jeremiah. Ele segurava um buquê de lírios e usava uma camisa elegante, branca, com um xadrez azul bem suave.

Levei as mãos à boca, encantada.

— O que você está fazendo aqui? — perguntei, minha voz saindo aguda.

Ele me puxou para um abraço. Senti em seu hálito o cheiro de café do McDonald's. Jeremiah provavelmente acordara muito cedo para chegar ali àquela hora. Ele amava o café da manhã do McDonald's, mas nunca conseguia acordar cedo o bastante para tomar.

— Pode tirar o cavalinho da chuva — disse Jeremiah. — Essas flores não são pra você. Laurel está em casa?

Eu estava zonza.

— Está tomando café da manhã. Entre.

Abri a porta para ele, que me seguiu até a cozinha.

— Mãe, olha quem está aqui! — anunciei, animada.

Ela pareceu um tanto surpresa, a colher parada a meio caminho da boca.

— Jeremiah!

Ele foi até ela, as flores na mão.

— Eu precisava vir e cumprimentar devidamente minha futura sogra — disse ele, com um sorriso brincalhão no rosto.

Jeremiah beijou-a no rosto e pousou as flores perto da tigela de iogurte.

Eu observava a cena com atenção. Se alguém era capaz de enfeitiçar minha mãe, essa pessoa era Jeremiah. Já podia sentir a tensão se dissipando em nossa casa.

Ela abriu um sorriso que pareceu meio rígido, mas ainda assim um sorriso, depois se levantou.

— Fico feliz por você ter vindo. Quero mesmo conversar com vocês dois.

Jeremiah esfregou as mãos.

— Perfeito. Vamos fazer isso. Belly, venha cá. Primeiro, um abraço coletivo.

Mamãe tentou não rir enquanto Jeremiah lhe dava um abraço apertado. Ela gesticulou para que eu me juntasse a eles, e eu me aproximei e a abracei pela cintura. Ela não conseguiu reprimir uma risada.

— Está certo, está certo. Vamos pra sala. Jere, você já comeu?

Respondi por ele.

— McMuffin com ovos, certo, Jere?

Ele piscou para mim.

— Você me conhece muito bem.

Minha mãe já estava na sala, de costas para nós.

— Senti o cheiro de McDonald's no seu hálito — disse a ele, baixinho.

Jeremiah levou a mão à boca, parecendo envergonhado, o que era raro para ele.

— Estou com mau hálito? — perguntou.

Acho que nunca senti tanta ternura por ele quanto naquele momento.

— Não — respondi. — De jeito nenhum.

Nós três nos sentamos na sala de estar, Jeremiah e eu no sofá, e minha mãe em uma poltrona de frente para nós. Tudo estava indo muito bem. Ele a fizera rir. Eu não a vira rir ou sorrir desde que contamos sobre o casamento. Comecei a me sentir esperançosa, como se aquilo realmente pudesse funcionar.

A primeira coisa que minha mãe disse foi:

— Jeremiah, você sabe que amo você. Que só quero o melhor pra você. E é por isso que não posso apoiar o que vocês dois querem fazer.

Jere se inclinou para a frente.

— Lau...

Ela ergueu a mão para interrompê-lo.

— Vocês são novos demais. Os dois. Ainda estão formando suas personalidades, se tornando as pessoas que um dia serão. Ainda são crianças. Não estão prontos pra um compromisso como esse. Estamos falando de um compromisso pro resto da vida, Jeremiah.

— Laurel — ele se apressou a falar —, quero ficar com a Belly pro resto da vida. Posso me comprometer com isso.

Minha mãe balançou a cabeça.

— E é por isso que sei que você não está pronto, querido. Você é despreocupado demais, precisa levar as coisas mais a sério. Esse não é o tipo de situação com que a pessoa se compromete de repente. É um assunto muito sério.

A condescendência na voz da minha mãe me irritou profundamente. Eu tinha dezoito anos, não oito, e Jeremiah, dezenove. Tínhamos idade o bastante para saber que casamento era uma coisa séria. Vimos nossos pais estragarem os próprios casamentos, e não cometeríamos os mesmos erros. Mas eu não disse nada. Sabia que se eu ficasse brava ou se tentasse discutir, só provaria o argumento dela. Por isso, permaneci sentada, em silêncio, enquanto ela continuava.

— Quero que vocês dois esperem. Quero que Belly termine a faculdade. Quando ela se formar, se vocês dois ainda se sentirem da mesma forma, então se casem. Mas só depois que ela se formar. Se Beck estivesse aqui, concordaria comigo.

— Acho que ela ficaria muito feliz por nós — disse Jeremiah.

Antes que minha mãe pudesse contradizê-lo, ele acrescentou:

— Belly ainda vai terminar a faculdade conforme o previsto, eu prometo. Vou tomar conta dela muito bem. Só nos dê sua bênção.

— Ele estendeu a mão, tocou a dela e sacudiu de leve, brincalhão.

— Vamos lá, Lau. Você sabe que sempre me quis como genro.

Minha mãe pareceu triste.

— Não desse jeito, meu bem. Sinto muito.

Houve um longo e constrangido momento de silêncio. Nós três sentados ali, eu como se estivesse prestes a explodir em lágrimas. Jeremiah passou os braços ao meu redor, apertou meu ombro e me soltou.

— Isso quer dizer que você não vai ao casamento? — perguntei.

Minha mãe balançou a cabeça e falou:

— Isabel, que casamento? Vocês não têm dinheiro pra pagar por um casamento.

— Isso é com a gente, não com você — retruquei. — Só quero saber: você vai ao casamento?

— Já respondi a essa pergunta. Não, eu não vou.

— Como pode dizer isso? — Soltei o ar devagar, tentando manter a calma. — Você só está furiosa porque não pode fazer nada a respeito. É o fato de não ter qualquer controle da situação que está matando você.

— Sim, está me matando! — retrucou ela, ríspida. — Ver você tomar uma decisão tão estúpida sem poder fazer nada está me matando.

Minha mãe fixou os olhos em mim, e virei a cabeça para não encará-la, os joelhos tremendo. Não conseguia mais ouvi-la. Ela estava envenenando nossa boa notícia com todas aquelas dúvidas e negatividade. Estava estragando tudo.

Eu me levantei.

— Então vou embora. Você não vai mais ter que ver nada disso.

Jeremiah pareceu perplexo.

— Calma, Bell, senta.

— Não posso ficar aqui — argumentei.

Minha mãe não disse uma palavra. Só ficou sentada ali, as costas muito retas.

Saí da sala e subi a escada.

No meu quarto, joguei uma pilha de camisetas e roupas íntimas em uma mala. Estava enfiando meu nécessaire por cima daquilo tudo quando Jeremiah entrou no quarto e fechou a porta.

Ele se sentou na minha cama.

— O que acabou de acontecer? — perguntou, ainda perplexo.

Não respondi, só continuei a arrumar minhas coisas.

— O que você está fazendo? — insistiu Jeremiah.

— O que parece que estou fazendo?

— Tudo bem, mas você tem um plano?

Fechei o zíper da mala.

— Sim, tenho um plano. Vou ficar na casa de Cousins até o casamento. Não consigo lidar com minha mãe.

Jeremiah prendeu o ar.

— Sério?

— Você ouviu o que ela disse. Minha mãe não vai mudar de ideia. É assim que ela quer que as coisas sejam.

Ele hesitou.

— Não sei, não... E o seu emprego?

— Foi você mesmo quem disse que eu deveria pedir demissão. É melhor assim. Em Cousins, posso planejar melhor o casamento do que aqui. — Eu estava suando enquanto pegava a mala. — Se minha mãe não quer entrar nessa com a gente, azar o dela. Porque o casamento vai acontecer.

Jeremiah tentou pegar a mala da minha mão, mas eu o afastei. Desci a escada e fui para o meu carro sem trocar uma palavra com minha mãe. Ela não me perguntou para onde eu estava indo, nem quando eu voltaria.

Saindo da cidade, paramos no Behrs. Jere esperou no carro dele enquanto eu ia até o restaurante. Se eu não tivesse acabado de brigar com minha mãe, jamais teria coragem de me demitir daquele jeito. Mesmo que os empregados entrassem e saíssem o tempo todo do Behrs, principalmente os estudantes... ainda assim. Fui direto até a cozinha e procurei a gerente, Stacey. Disse a ela que lamentava muito, mas que iria me casar em dois meses e não poderia continuar a trabalhar ali. Stacey olhou para minha barriga, então para meu anel de noivado, e disse:

— Parabéns, Isabel. Mas saiba que sempre teremos lugar pra você aqui no Behrs.

Sozinha de novo no meu carro, chorei alto, solucei. Chorei até minha garganta doer. Estava furiosa com minha mãe, mas o pior era a tristeza absurda e pesada que eu sentia. Eu já tinha idade o bastante para fazer as coisas sozinha, sem ela. Eu podia me casar, eu podia largar o emprego. Minha mãe já não era mais a toda-poderosa — mas parte de mim desejava que ela ainda pudesse ser.

27

Estávamos a meia hora de Cousins quando Jeremiah me ligou e disse:

— Conrad está na casa de praia.

Meu corpo inteiro ficou rígido. Paramos em um semáforo, e o carro de Jeremiah estava na frente do meu.

— Desde quando?

— Desde semana passada. Ele simplesmente ficou lá depois de toda aquela situação no restaurante. Voltou uma vez pra pegar as coisas dele, mas acho que vai passar o verão por lá.

— Ah. Você acha que ele vai se importar de eu ficar lá também?

Percebi que Jere hesitou.

— Não, não acho que ele vá se importar. Eu só queria poder ficar lá também. E ficaria, se não fosse por esse estágio idiota. Talvez eu deva simplesmente largar o estágio.

— Não pode fazer isso. Seu pai te mataria.

— É, eu sei. — Eu o ouvi hesitar de novo, antes de voltar a falar: — Não acho certo a maneira como deixamos as coisas com sua mãe. Talvez seja melhor você voltar pra casa, Bells.

— Não vai funcionar. A gente só vai acabar brigando de novo. — A luz do semáforo ficou verde. — Sabe de uma coisa? Na verdade, acho que pode ser melhor assim. Nós duas vamos ter espaço pra pensar melhor.

— Se é o que você acha... — falou Jeremiah, mas percebi que ele não concordava completamente.

— Vamos conversar mais quando chegarmos à casa de praia — sugeri, e desligamos.

Essa novidade de Conrad estar em Cousins me deixou inquieta. Talvez ficar na casa de praia não fosse a melhor ideia.

Mas, quando estacionei na calçada vazia, senti um alívio incrível por estar de volta. Lar. Eu estava de volta ao meu lar.

A casa parecia a mesma, alta, pintada de cinza e branco. Tive a mesma sensação. Como se eu estivesse no lugar a que pertencia. Como se pudesse respirar de novo.

Estava sentada no colo de Jeremiah em uma espreguiçadeira quando ouvimos um carro estacionar. Era Conrad, que saiu do carro com uma sacola do mercado. Ele pareceu surpreso ao nos ver. Eu me levantei e acenei.

Jeremiah esticou as mãos atrás da cabeça e se recostou na espreguiçadeira.

— Oi, Con.

— E aí? — disse ele, caminhando na nossa direção. — O que vocês estão fazendo aqui?

Conrad pousou a sacola do mercado e se sentou perto de Jeremiah, e eu fiquei de pé, ao lado deles.

— Coisas do casamento — disse Jeremiah, sem muita certeza.

— Coisas do casamento — repetiu Conrad. — Então vocês dois vão mesmo fazer isso?

— É claro que vamos! — Jere me puxou de volta para o seu colo. — Certo, esposinha?

— Não me chame de esposinha — falei, e torci o nariz. — É horrível.

Conrad me ignorou.

— Isso significa que Laurel mudou de ideia? — perguntou.

— Ainda não, mas vai mudar — respondeu Jeremiah, e não o corrigi.

Fiquei sentada em seu colo por mais vinte segundos, então me desvencilhei de seus braços e me levantei de novo.

— Estou morrendo de fome — falei, me inclinando para investigar a sacola de compras de Conrad. — Você comprou alguma coisa boa?

Conrad me deu um meio sorriso distraído.

— Nada de Cheetos nem pizza congelada aí. Lamento. Mas comprei ingredientes pro jantar. Vou preparar alguma coisa.

Ele se levantou, pegou a sacola de compras e entrou em casa.

Para o jantar, Conrad preparou salada de abacate, tomates e manjericão e grelhou alguns peitos de frango. Comemos no deque, do lado de fora.

— Uau, estou impressionado — comentou Jeremiah, com a boca cheia de frango. — Desde quando você cozinha?

— Desde que passei a morar sozinho. Isso é basicamente tudo que eu como. Frango. Todo dia. — Conrad empurrou a tigela de salada na minha direção, sem erguer os olhos. — Está satisfeita?

— Estou. Obrigada, Conrad. Estava tudo muito gostoso.

— Muito gostoso — repetiu Jeremiah.

Conrad só deu de ombros, mas as pontas de suas orelhas ficaram mais rosadas, e percebi que ele gostou do elogio.

Cutuquei Jeremiah no braço com meu garfo.

— Você poderia aprender uma coisinha ou duas.

Ele me cutucou de volta.

— Você também. — Ele deu uma boa garfada na salada, antes de anunciar: — Belly vai ficar aqui até o casamento. Tudo bem pra você, Con?

Percebi que Conrad ficou um pouco desconcertado, porque não respondeu de imediato.

— Não vou atrapalhar — garanti. — Vou só ficar cuidando dos preparativos pro casamento.

— Tudo bem. Não me importo — respondeu ele.

Abaixei os olhos para o meu prato.

— Obrigada.

Então eu tinha me preocupado por nada. Conrad não se importava com a minha presença. Não teríamos que ficar fazendo companhia um ao outro. Ele faria as coisas dele, como sempre, e eu estaria ocupada planejando o casamento. Jeremiah provavelmente iria para lá toda sexta-feira para ajudar. Daria tudo certo.

Depois que terminamos de jantar, Jeremiah sugeriu que tomássemos sorvete de sobremesa. Conrad declinou, dizendo que precisava cuidar da louça.

— Quem cozinha não lava a louça — falei, mas ele disse que não se importava.

Jere e eu fomos até o centro da cidade, só nós dois. Escolhi uma bola de *cookies and cream* e outra com confeitos em uma casquinha de waffle. Jeremiah escolheu sorvete de frutas mistas.

— Está se sentindo melhor? — perguntou, enquanto caminhávamos pelo calçadão. — Em relação ao que aconteceu com sua mãe?

— Não exatamente. Só prefiro não pensar mais nisso, pelo menos por hoje.

Jere assentiu.

— Tudo bem.

Mudei de assunto.

— Já sabe quantas pessoas você quer convidar?

— Sim. — Ele começou a contar nos dedos. — Josh, Redbird, Gabe, Alex, Sanchez, Peterson...

— Não pode convidar todo mundo da sua fraternidade.

— Eles são meus irmãos — retrucou Jere, parecendo magoado.

— Achei que tínhamos combinado que seria uma cerimônia bem pequena.

— Então só vou convidar alguns deles. Está bem?

— Ok. Ainda temos que combinar o que vamos servir de comida — falei, lambendo a casquinha para que o sorvete não pingasse.

— Sempre podemos convocar meu irmão para grelhar uns peitos de frango — sugeriu Jeremiah, com uma risada.

— Ele vai ser seu padrinho. Não pode ficar suando ao lado da churrasqueira.

— Eu estava brincando.
— Aliás, você já o convidou? Pra ser seu padrinho?
— Ainda não. Mas vou fazer isso.
Ele se inclinou e deu uma lambida no meu sorvete, que deixou uma mancha acima do seu lábio superior, como um bigode de leite.
Mordi o lábio para não rir.
— O que está achando tão engraçado?
— Nada.
Quando voltamos para a casa, Conrad estava vendo TV na sala de estar. Quando nos sentamos no sofá, ele se levantou.
— Vou me deitar — anunciou, se espreguiçando.
— Mas ainda são dez horas. Fica aí pra ver um filme com a gente — convidou Jeremiah.
— Não, vou levantar cedo amanhã pra surfar. Quer vir comigo?
Jere olhou de relance para mim, antes de responder:
— Sim, parece uma boa.
— Pensei que a gente fosse cuidar da lista de convidados de manhã — lembrei.
— Volto antes de você acordar. Não se preocupe. — Para Conrad, ele disse: — Me chama quando estiver indo.
Conrad hesitou.
— Não quero acordar a Belly.
Senti que ruborizava.
— Não me importo — falei.
Desde que Jeremiah e eu tínhamos começado a namorar, só havíamos estado juntos na casa de praia uma vez. Naquela vez, eu dormi no quarto com ele. Tínhamos assistido à TV até ele dormir, porque Jere gostava de dormir com o som da televisão ao fundo. Eu não conseguia dormir assim, por isso esperei até que ele adormecesse para desligar a TV. Achei meio esquisito dormir na cama dele quando a minha estava logo adiante, no corredor.
Na faculdade, dormíamos na mesma cama o tempo todo, e parecia normal. Mas ali, na casa de praia, eu só queria dormir no meu

quarto, na minha cama. Estava mais acostumada. E fazia com que eu ainda me sentisse uma garotinha, passando férias com a família. Meus lençóis finos como papel, com os botões de rosa amarelos desbotados, minha cômoda e penteadeira de cerejeira... No início, havia duas camas de solteiro no meu quarto, mas Susannah se livrou delas e colocou no lugar o que chamava de "cama de garota grande". Eu amava aquela cama.

Conrad subiu, e esperei até ouvir a porta do quarto dele se fechar antes de dizer:

— Acho que vou dormir no meu quarto esta noite.

— Por quê? — perguntou Jeremiah. — Prometo levantar sem fazer barulho amanhã.

Perguntei, em um tom cuidadoso:

— O noivo e a noiva não devem dormir em camas diferentes antes do casamento?

— Sim, mas isso na noite antes do casamento. Não toda noite antes do casamento. — Ele pareceu magoado por um instante, então voltou a falar em tom de brincadeira: — Vamos, você sabe que não vou tocar em você.

Embora eu soubesse que ele só estava brincando, me magoou um pouquinho.

— Não é isso. Dormir no meu quarto faz com que eu me sinta... normal. É... é diferente da faculdade. Lá, o que parece normal é dormir com você. Mas, aqui, gosto de me lembrar de como eu me sentia quando era criança e vinha pra cá. — Examinei o rosto de Jere para ver se restava alguma mágoa. — Faz algum sentido pra você?

— Acho que sim.

Jeremiah não pareceu muito convencido, e comecei a desejar não ter tocado no assunto.

Cheguei mais perto dele e pousei os pés em seu colo.

— Vou ficar do seu lado todas as noites pelo resto da vida.

— É, acho que isso vai ser suficiente — disse ele.

— Ei! — falei, e o chutei de brincadeira.

Jeremiah apenas sorriu e colocou uma almofada em cima dos meus pés. Então, mudou de canal e assistimos à TV sem comentar mais nada a respeito. Quando chegou a hora de dormir, ele foi para o quarto dele, e eu, para o meu.

Dormi melhor do que vinha dormindo há semanas.

28

Conrad

CONVIDEI JERE PARA SURFAR PORQUE QUERIA FICAR SOZINHO COM ELE, descobrir que merda estava acontecendo. Não conversava com meu irmão desde o grande anúncio no restaurante. Mas, agora que estávamos a sós, eu não sabia o que dizer.

Ficamos boiando no mar, esperando a onda seguinte. Elas estavam demorando a chegar.

Pigarreei.

— Então, a Laurel está muito brava?

— *Muito* — respondeu Jere, fazendo careta. — Belly brigou feio com ela ontem.

— Na sua frente?

— Foi.

— Merda.

Mas eu não estava surpreso. De jeito nenhum Laurel toparia, pensando "claro, vou cuidar de todos os preparativos do casamento da minha filha adolescente."

— Pois é.

— O que o papai disse?

Jeremiah me lançou um olhar estranho.

— Desde quando você se importa com o que ele diz?

Desviei os olhos na direção da casa e hesitei antes de voltar a falar:

— Não sei. Se Laurel é contra e o papai também, talvez você e a Belly não devessem fazer isso. Quer dizer, vocês dois ainda estão na faculdade. Você nem tem emprego, Jere. Se parar pra pensar, é meio absurdo.

Parei de falar ao ver que Jere me fuzilava com o olhar.

— Fique fora disso, Con, não é da sua conta — falou, praticamente cuspindo as palavras.

— Tudo bem. Desculpa. Não tive a intenção de... Desculpa.

— Nunca pedi sua opinião. Isso é comigo e com a Belly.

— Você está certo — concordei. — Esqueça.

Jeremiah não respondeu. Olhou por cima do ombro e começou a se afastar na prancha. Quando a onda surgiu, ele surfou de volta para a praia.

Dei um soco na água, irritado. *Isso é comigo e com a Belly*. Merdinha convencido.

Ele ia se casar com a minha garota, e eu não podia fazer nada a respeito. Tinha que ficar olhando, porque ele era meu irmão, porque eu tinha prometido. *Tome conta dele, Con. Conto com você.*

29

Quando acordei na manhã seguinte, os garotos ainda estavam surfando, por isso peguei meu fichário, meu bloco, um copo de leite e fui para o deque.

De acordo com as instruções de Taylor, tínhamos que preparar a lista de convidados antes de qualquer outra coisa. Bem, fazia sentido. Caso contrário, como saberíamos de quanta comida precisaríamos e tudo o mais?

Até ali, minha lista era curta. Taylor e a mãe, algumas amigas de infância — Marcy, Blair, talvez Katie —, Anika, meu pai, Steven e minha mãe. Eu nem sabia se minha mãe iria. Meu pai, com certeza — eu sabia que sim. Não importava o que minha mãe dissesse, ele estaria lá. Eu gostaria que minha avó também fosse, mas ela tinha sido internada em uma casa de repouso no ano anterior. Ela nunca havia gostado muito de viajar e agora não podia mais. Decidi que, no convite dela, escreveria um bilhete prometendo visitá-la com Jeremiah nas férias seguintes.

Para mim, eram só esses convidados. Eu tinha uns poucos primos do lado do meu pai, mas não era particularmente próxima de nenhum deles.

Jeremiah tinha Conrad, os três amigos da fraternidade com que havíamos concordado, o colega de quarto do primeiro ano de faculdade e o pai. Na noite passada, Jere havia comentado comigo que tinha percebido que o pai estava começando a se acostumar com a ideia do casamento. Ele disse que o Sr. Fisher havia perguntado quem celebraria a cerimônia e quanto estávamos planejando gastar nesse tal casamento. Jere explicara qual era nosso orçamento previsto: mil dólares. O Sr. Fisher só fungara. Para mim, mil dólares era muito dinheiro. No ano anterior, levei o verão inteiro para conseguir juntar essa quantia trabalhando como garçonete no Behrs.

Nossa lista de convidados teria menos de vinte pessoas. Com essa quantidade, poderíamos organizar um almoço com frutos do mar e alimentar todo mundo sem problemas. Compraríamos alguns engradados de cerveja e algumas garrafas de champanhe barato. Como nos casaríamos na praia, não precisaríamos nem de decoração. Só algumas flores para as mesas de piquenique, ou conchas. Conchas e flores. Eu me senti muito produtiva. Taylor ficaria orgulhosa de mim.

Estava anotando minhas ideias quando Jeremiah subiu os degraus. O sol cintilava atrás dele, tão forte que machucou meus olhos.

— Bom dia — falei, estreitando os olhos para encará-lo. — E o Con?

— Ainda está lá fora. — Jeremiah se sentou ao meu lado e me perguntou, sorrindo: — Nossa, você fez todo o trabalho sem mim?

Ele estava pingando, e uma gota de água caiu no meu bloco.

— Vai sonhando. — Sequei a água. — Ei, o que você acha de frutos do mar pro almoço?

— Gosto muito da ideia.

— De quantos engradados de cerveja você acha que vamos precisar, pra vinte pessoas?

— Se Peterson e Gomez vierem, pelo menos dois.

Apontei a caneta para o peito dele.

— Combinamos três caras da fraternidade e só. Certo?

Ele assentiu, então se inclinou para a frente e me beijou. Seus lábios tinham gosto de sal, e sua pele estava fria contra a minha pele morna.

Rocei o nariz no rosto dele antes de me afastar.

— Se você molhar o fichário de casamento da Taylor, vai acabar morrendo — avisei, protegendo o fichário com o corpo.

Jeremiah fez uma cara triste, então pegou meus braços e os apoiou em seu pescoço, como se estivéssemos dançando uma música lenta, com os rostos coladinhos.

— Mal posso esperar pra me casar com você — murmurou.

Dei uma risadinha. Sentia muitas cócegas no pescoço, e Jeremiah sabia disso. Ele sabia quase tudo a meu respeito, mas me amava mesmo assim.

— E você?

— E eu o quê?

Ele soprou meu pescoço, e caí na gargalhada. Tentei me afastar, mas ele não deixou. Ainda rindo, falei:

— Está bem, também mal posso esperar pra me casar com você.

Jere foi embora no fim daquela tarde. Fui com ele até o carro. O carro de Conrad não estava ali, e eu não sabia para onde ele havia ido.

— Me ligue quando chegar em casa, pra eu saber que está tudo bem — pedi.

Ele assentiu. Estava quieto, o que não era do seu feitio. Achei que ele poderia estar triste por ir embora tão cedo. Também queria que Jere pudesse ficar mais. De verdade.

Fiquei na ponta dos pés e dei um abraço apertado nele.

— Nos vemos em cinco dias — falei.

— Nos vemos em cinco dias — repetiu ele.

Fiquei observando ele se afastar, os polegares enfiados nos passadores da bermuda. Quando já não conseguia mais vê-lo, voltei para a casa.

30

NA MINHA PRIMEIRA SEMANA EM COUSINS, PROCUREI ME MANTER longe de Conrad. Não conseguiria lidar com mais uma pessoa me dizendo que eu estava cometendo um erro, principalmente Conrad, que era tão crítico. Ele nem precisava falar nada em voz alta, me julgava só com o olhar.

Assim, eu me levantava mais cedo e fazia as refeições antes dele. E, quando Conrad estava assistindo à TV na sala de estar, eu ficava no meu quarto, no andar de cima, endereçando os convites e lendo os blogs de casamento que Taylor recomendara.

Duvido que ele sequer tenha reparado; também estava muito ocupado. Surfava, saía com os amigos e fazia consertos e reparos pela casa. Eu não teria imaginado que ele era tão hábil com isso se não tivesse visto com meus próprios olhos: Conrad em cima de uma escada, checando as saídas do ar-condicionado; Conrad repintando a caixa de correio. Vi tudo isso da janela do meu quarto.

Eu estava comendo um biscoito recheado de morango no deque quando ele subiu correndo os degraus; tinha passado a manhã toda fora, estava com os cabelos molhados de suor e usava uma camiseta antiga dos tempos de futebol americano no ensino médio, com um short de ginástica azul-marinho.

— Oi — falei. — Onde estava?

— Na academia — respondeu, já passando por mim. Então, parou de súbito. — Esse é o seu café da manhã?

Eu estava mordiscando a lateral do biscoito.

— Sim, mas é o último. Lamento.

Ele me ignorou.

— Deixei cereal em cima da bancada. E tem frutas na fruteira.

Dei de ombros.

— Achei que era tudo seu. Não queria comer suas coisas sem pedir.

— Então, por que não pediu? — perguntou ele, impaciente.

Fui pega de surpresa.

— Como eu poderia perguntar, se mal nos vemos?

Ficamos nos encarando, sérios, por uns três segundos, até que vi um sorriso se formando na boca dele.

— É justo — falou Conrad, e aquele breve sorriso já havia desaparecido. Ele começou a abrir a porta de vidro de correr, então se virou e falou: — Você pode comer qualquer coisa que eu comprar.

— Idem.

De novo aquele quase-sorriso.

— Pode ficar com seus biscoitos recheados, os Cheetos fedorentos e o macarrão instantâneo só pra você.

— Ei, não como só porcaria — protestei.

— Come, sim — retrucou ele, e entrou em casa.

Na manhã seguinte, a caixa de cereal estava de novo em cima da bancada. Dessa vez, eu me servi do cereal e do leite desnatado e até cortei uma banana para colocar por cima. Não ficou nada mal.

Conrad estava se provando um ótimo colega de quarto. Ele sempre abaixava a tampa do vaso sanitário, lavava a louça assim que usava e até comprava mais papel-toalha quando o rolo acabava. Mas eu não teria esperado nada diferente. Conrad sempre foi organizado. Nesse ponto, era o exato oposto de Jeremiah, que nunca trocava o rolo de papel higiênico e nunca teria nem cogitado comprar papel-toalha ou deixar uma panela engordurada de molho em água quente e detergente.

Fui até o mercado e comprei ingredientes para o jantar. Espaguete e molho, além de alface e tomate para uma salada. Preparei o jantar por volta das sete da noite, pensando: *Rá! Isso vai mostrar a Conrad como eu também posso ter uma alimentação saudável.* Terminei cozinhando demais a massa e não lavando muito bem o alface, mas ficou gostoso.

Conrad não voltou para casa, então comi sozinha na frente da TV, mas deixei um pouco das sobras em um prato para ele, em cima da bancada, quando fui para a cama.

Na manhã seguinte, a comida se fora, e o prato estava lavado.

31

Na vez seguinte em que Conrad e eu nos falamos, era de tarde, e eu estava sentada diante da mesa da cozinha com meu fichário de casamento. Agora que a lista de convidados estava definida, eu precisava colocar os convites no correio. Parecia quase uma bobeira me preocupar com convites quando teríamos tão poucos convidados, mas um e-mail com todos em cópia oculta também não parecia adequado. Escolhi os convites em um site. Eram brancos, decorados com conchas em um azul-turquesa suave, e só precisei imprimi-los. E foi assim que os convites do casamento ficaram prontos.

Conrad abriu a porta e entrou na cozinha. A camiseta cinza estava ensopada de suor, por isso imaginei que tivesse saído para correr.

— A corrida foi boa? — perguntei.

— Foi — respondeu ele, parecendo surpreso. Olhou para minha pilha de envelopes e perguntou: — Convites do casamento?

— Sim. Só preciso comprar alguns selos.

Conrad estava se servindo de um copo de água e disse:

— Preciso ir ao centro comprar uma furadeira nova na loja de ferramentas. A agência dos correios fica no caminho. Posso comprar os selos pra você.

Foi a minha vez de ficar surpresa.

— Obrigada — falei —, mas quero ir eu mesma pra ver os selos com temas românticos que eles têm.

Ele bebeu a água.

— Já ouviu falar? — Não esperei pela resposta. — É um selo escrito "amor". As pessoas costumam usá-los pra casamentos. Só sei disso porque Taylor me disse que eu tinha que usar selos desse tipo pra enviar os convites.

Conrad deu um meio sorriso e disse:

— Podemos ir no meu carro, se você quiser. Economiza uma viagem.

— Claro.

— Vou tomar uma ducha rápida. Volto em dez minutos — avisou ele, e subiu correndo a escada.

Conrad voltou dez minutos depois, como prometido. Ele pegou as chaves em cima da bancada, eu coloquei os convites na bolsa, e saímos para o carro.

— Podemos ir no meu — ofereci.

— Não me importo de dirigir.

Era meio estranho estar sentada de novo no banco do carona do carro dele. O automóvel estava limpo e ainda tinha o mesmo cheiro.

— Não consigo me lembrar da última vez em que entrei no seu carro — falei, e liguei o rádio.

No mesmo instante, ele respondeu:

— No seu baile de formatura.

Ai, Deus.

O baile de formatura, a noite em que terminamos — com uma briga no estacionamento, sob a chuva. Era uma vergonha pensar nisso agora. Como eu tinha chorado, como tinha implorado a Conrad para não ir embora. Não foi um dos meus melhores momentos.

Um silêncio constrangedor pairou entre nós, e tive a sensação de que ambos estávamos pensando na mesma coisa. Para preencher o silêncio, comentei, em um tom animado:

— Nossa, parece que foi há um milhão de anos, né?

Ele não respondeu.

Conrad me deixou em frente à agência dos correios e disse que voltaria para me pegar em alguns minutos. Saí do carro e corri para a agência.

A fila andou rápido, e, quando chegou minha vez, pedi:

— Posso ver os selos com temas românticos, por favor?

A mulher atrás do balcão procurou em uma gaveta e deslizou uma folha de selos na minha direção. Tinha sinos de casamento e a palavra AMOR escrita em uma fita que unia os sinos.

Pousei minha pilha de convites no balcão e contei-os depressa.

— Vou levar uma folha — decidi

Ela me encarou e perguntou:

— São convites de casamento?

— São — respondi.

— Quer carimbo à mão pra eles?

— Como?

— Quer carimbo à mão pra eles? — repetiu a mulher, parecendo impaciente.

Entrei em pânico. Como assim "carimbo à mão"? Tive vontade de mandar uma mensagem para Taylor, perguntando a respeito, mas a fila estava crescendo atrás de mim, por isso me apressei a dizer:

— Não, obrigada.

Depois de pagar pelos selos, saí, me sentei no meio-fio e colei-os em todos os convites — tinha feito um para minha mãe também. Só caso ela mudasse de ideia. Ainda havia uma chance. Conrad parou o carro quando eu estava enfiando os convites na fenda da caixa dos correios, do lado de fora da agência. Aquilo realmente estava acontecendo. Eu ia mesmo me casar. Agora não havia como voltar atrás, mesmo se eu quisesse.

Entrei no carro e perguntei:

— Achou sua furadeira nova?

— Aham. E você, achou seus selos?

— Achei. Ei, por acaso você sabe o que postagem com carimbo à mão significa?

— Normalmente, os correios carimbam em cima do selo, pra que não possa ser reutilizado, então imagino que carimbar à mão seria fazer isso manualmente, em vez de usar uma máquina.

— Como você sabe disso? — perguntei, impressionada.

— Eu colecionava selos.

Era verdade. Ele tinha colecionado selos. Eu havia me esquecido disso. Conrad os organizava em um álbum de fotografias que ganhara de presente do pai.

— Eu tinha me esquecido completamente disso. Caramba, você levava os seus selos muito a sério. Não deixava a gente nem encostar no seu álbum. Lembra quando Jeremiah roubou um e usou pra mandar um cartão-postal, e você ficou tão furioso que chegou a chorar?

— Ei, era um selo do Abraham Lincoln, que meu avô tinha me dado — retrucou Conrad, na defensiva. — Era raro.

Eu ri, e logo ele também estava rindo. Era um belo som. Quando fora a última vez que tínhamos rido juntos?

Conrad balançou a cabeça, falando:

— Eu era muito nerd.

— Não era, não!

Ele me olhou de relance.

— Coleção de selos. Kit de química. Obsessão por enciclopédias.

— Sim, mas você fazia tudo isso parecer incrível — falei.

Na minha lembrança, Conrad não era nada nerd. Era mais velho, mais esperto, interessado em coisas de adultos.

— Você era muito boba — disse ele. E então: — Quando você era bem pequena, detestava cenoura. Não comia de jeito nenhum. Mas aí eu disse que, se você comesse cenouras, passaria a ter visão de raios X. E você acreditou. Você acreditava em tudo que eu dizia.

Era verdade. Eu acreditava, mesmo.

Acreditei em Conrad quando ele me disse que as cenouras me dariam visão de raios X. Acreditei quando ele me disse que nunca tinha gostado de mim de verdade. Depois, mais tarde naquela noite, quando ele tentou retirar o que havia dito, acho que acreditei nele de novo. Agora não sabia mais em que acreditar. Só sabia que não acreditava mais no que ele dizia.

Mudei de assunto, perguntando:

— Você vai ficar na Califórnia depois que se formar?

— Depende da faculdade.
— Você... tem namorada?
Ele abriu a boca, hesitante.
— Não — respondeu, por fim.

32

Conrad

O nome dela era Agnes. Muitas pessoas a chamavam de Aggie, mas eu preferia Agnes. Ela estava na minha aula de química. Em qualquer outra garota, um nome como Agnes não teria funcionado — era um nome de velhinha. Agnes tinha cabelos loiro-escuros e ondulados na altura do queixo. Às vezes ela usava óculos, e sua pele era branca como leite. Um dia, enquanto esperávamos o laboratório abrir, ela me chamou para sair. Fiquei tão surpreso que aceitei.

Começamos a passar muito tempo juntos. Eu gostava de estar com ela. Agnes era inteligente, seus cabelos cheiravam a xampu não só depois de ela sair do banho, mas durante o dia todo. Passávamos a maior parte do tempo estudando. Às vezes, saíamos para comer panquecas ou hambúrgueres, às vezes transávamos no quarto dela, durante as pausas nos estudos, quando sua colega de quarto não estava. Mas nosso relacionamento era baseado no fato de ambos estarmos nos preparando para a faculdade de medicina. Eu não passava a noite no quarto dela, nem a convidava para passar a noite no meu. Não saía com as amigas dela, nem conhecia seus pais, embora eles morassem perto.

Um dia, estávamos estudando na biblioteca. O semestre estava quase acabando. Já estávamos juntos havia uns dois ou três meses.

Do nada, ela me perguntou:

— Você já se apaixonou?

Além de ser muito boa em química, Agnes também era ótima em me pegar desprevenido. Olhei ao redor para me certificar de que ninguém estava ouvindo.

— Você já?

— Perguntei primeiro — retrucou ela.

— Então, sim.

— Quantas vezes?

— Uma.

Agnes pensou na minha resposta enquanto mastigava o lápis.

— Em uma escala de um a dez, quanto você estava apaixonado?

— Não se pode medir uma paixão em uma escala. Ou se está apaixonado, ou não se está.

— Mas se você tivesse que medir?

Comecei a folhear minhas anotações e não olhei para ela quando respondi:

— Dez.

— Uau. Qual era o nome dela?

— Agnes, por favor. Temos prova na sexta-feira.

Ela fez biquinho e chutou minha perna por baixo da mesa.

— Se não me disser, não vou conseguir me concentrar. Por favor? Mata minha curiosidade.

Bufei baixinho.

— Belly. Quer dizer, Isabel. Satisfeita?

Ela balançou a cabeça e falou:

— Não. Agora me conte como vocês se conheceram.

— Agnes...

— Juro que paro de perguntar se você responder só... — eu a observei enquanto ela fazia as contas na cabeça — a mais três perguntas. Três e pronto.

Eu não disse nem que sim nem que não. Fiquei só olhando para ela, esperando.

— Então, como vocês se conheceram?

— Não nos conhecemos. Quer dizer, eu a conheço desde sempre.

— Quando você percebeu que estava apaixonado?

Eu não tinha uma resposta para aquela pergunta. Não houve um momento específico. Foi mais como um despertar gradual. Como quando estamos dormindo e então passamos para aquela fase do sono entre o sonho e o despertar, até estarmos totalmente acordados. É um processo lento, mas, quando você acorda, não tem como voltar atrás. Não havia como não saber que era amor.

Mas eu não diria isso para Agnes.

— Não sei, só aconteceu.

Ela ficou me encarando, esperando que eu continuasse.

— Você tem mais uma pergunta — falei.

— Você está apaixonado por mim?

Como eu disse, a garota era mesmo boa em me pegar desprevenido. Eu não sabia o que dizer. Porque a resposta era não.

— Ahn...

Sua expressão ficou triste, mas ela logo tentou parecer brincalhona e disse:

— Então não, certo?

— E você, está apaixonada por mim?

— Poderia estar. Se eu me permitisse, acho que poderia me apaixonar.

— Ah. — Eu me senti um bosta. — Gosto de você de verdade, Agnes.

— Eu sei. E sinto que isso é verdade. Você é um cara honesto, Conrad, mas não deixa as pessoas se aproximarem. É impossível ser realmente íntimo de você. — Ela tentou prender os cabelos em um rabo de cavalo, mas as mechas da frente não ficavam presas, porque eram muito curtas. Então ela soltou o cabelo e voltou a falar: — Acho que você ainda ama essa outra garota, pelo menos um pouquinho. Estou certa?

— Não — respondi a Belly.

— Não acredito em você — disse ela, inclinando a cabeça e perguntando, em tom de brincadeira: — Se não tivesse uma garota, por que você ficaria tanto tempo longe de casa? Tem que ter uma garota.

E tinha.

Eu estava longe de casa havia dois anos. Não tinha opção. Sabia que não deveria nem estar na casa de praia. Ficar tão perto dela só me faria querer o que eu não podia ter. Era perigoso. As únicas ocasiões em que eu sabia que não podia confiar em mim mesmo eram quando Belly estava por perto. No dia em que ela apareceu na casa de praia, com Jere, eu liguei para meu amigo, Danny, para ver se poderia passar um tempo no sofá da casa dele, e ele tinha concordado. Mas não consegui me forçar a ir. Não consegui ir embora.

Eu sabia que tinha que ter cuidado. Precisava manter distância. Se Belly soubesse quanto eu ainda gostava dela, seria o fim. Eu não conseguiria mais ir embora. A primeira vez já tinha sido difícil o bastante.

As promessas que você faz no leito de morte da sua mãe são incondicionais, eternas. Não há como quebrá-las. Prometi a minha mãe que tomaria conta do meu irmão. Que cuidaria dele. Mantive minha palavra. Fiz isso do único jeito que pude. Fui embora.

Eu podia ser um babaca, um fracasso, uma decepção, mas não era mentiroso.

No entanto, tinha mentido para Belly. Só aquela única vez, naquele hotel decadente de beira de estrada. Fiz aquilo para protegê-la. É o que continuo a dizer a mim mesmo. Ainda assim, se pudesse passar a limpo um momento da minha vida, somente um, de todos os momentos ruins, seria aquele que eu escolheria. Quando me lembro da expressão no rosto dela — o modo como o rosto de Belly se contorceu, como ela comprimiu os lábios e franziu o nariz para não demonstrar a mágoa que sentia —, morro um pouco por dentro. Deus, se eu pudesse, voltaria àquele momento e diria todas as coisas certas, diria que a amava, faria tudo para nunca mais ver aquela expressão em seu rosto de novo.

33

Conrad

Aquela noite, no hotel, eu não dormi. Fiquei repassando na mente tudo que já tinha acontecido entre nós. Não podia continuar com aquilo. Seguir em frente e recuar. Atraí-la, então afastá-la. Não era certo.

Quando Belly se levantou para tomar banho, perto do amanhecer, Jere e eu também nos levantamos. Eu estava dobrando meu cobertor quando disse:

— Está tudo bem você gostar dela.

Jere ficou me encarando, boquiaberto.

— Do que você está falando?

Eu tive a sensação de que ia engasgar com as palavras quando falei:

— Por mim está tudo bem... se você quiser ficar com ela.

Ele me olhou como se eu fosse maluco. Eu tinha mesmo a sensação de ter enlouquecido. Ouvi a água do chuveiro parar de correr, dei as costas para Jere e disse:

— Só tome conta dela.

Então, quando Belly saiu do banheiro, vestida, o cabelo molhado, e me encarou com aqueles olhos esperançosos, eu agi como se não a reconhecesse. Completamente sem expressão. Vi seus olhos perderem o brilho. Vi o amor dela por mim morrer. Eu o matara.

Quando me lembro disso, daquele momento no hotel, compreendo que havia sido eu a colocar toda essa história em ação. Eu tinha dado um empurrãozinho para que os dois ficassem juntos. Fui eu. E era eu que teria que viver com isso. Eles estavam felizes.

★ ★ ★

Eu vinha fazendo um bom trabalho em me manter afastado, mas por acaso estava em casa na tarde daquela sexta-feira, quando, do nada, Belly precisou de mim. Ela estava sentada na sala de estar segurando aquele fichário idiota, cercada de papéis. Parecia surtada, estressada, com uma expressão preocupada, a mesma de quando tentava resolver um problema de matemática e não conseguia encontrar a solução.

— Jere está preso no engarrafamento — anunciou Belly, soprando o cabelo para longe do rosto. — Eu falei pra ele sair mais cedo. Realmente precisava da ajuda dele hoje.

— O que você precisava que ele fizesse?

— Nós íamos na Michaels. Sabe, aquela loja de decoração e bricolagem?

Respondi ironicamente:

— Não posso dizer que já estive em uma loja dessas. — Hesitei, então acrescentei: — Mas, se quiser, vou com você.

— Mesmo? Porque tenho que comprar algumas coisas pesadas. Mas a loja fica em Plymouth.

— Tudo bem, sem problema — falei, me sentindo inexplicavelmente grato por ter que levantar coisas pesadas.

Fomos no carro dela, porque era maior. Belly dirigiu. Eu só tinha andado de carona com ela umas poucas vezes, e aquele lado dela era novo para mim. Segura, confiante. Ela dirigia rápido, mas sempre no controle. Gostei. Eu me peguei olhando de relance para ela toda hora... e tive que me forçar a parar.

— Você não dirige nada mal — comentei.

Ela sorriu.

— Jeremiah me ensinou bem.

Era verdade. Ele a ensinara a dirigir.

— Então, no que mais você mudou?

— Ei, nunca fui uma motorista ruim.

Bufei, então olhei pela janela.

— Acho que Steven discordaria.

— Ele jamais vai me deixar esquecer o que fiz com seu precioso bebê. — Ela mudou a marcha quando paramos em um sinal de trânsito. — O que mais?

— Você agora usa salto alto. Na cerimônia no jardim, você estava de salto.

Ela hesitou um momento, antes de dizer:

— É, às vezes. Mas ainda tropeço muito. — E acrescentou, melancólica: — Sou uma dama de verdade agora.

Estendi a mão para tocar a dela, mas no último segundo preferi apontar.

— Você ainda rói unha.

Ela envolveu o volante com as mãos, deu um sorrisinho e disse:

— Você não deixa escapar nada.

— Muito bem, o que temos que comprar aqui? Coisas pra colocar flores?

Belly riu.

— Sim. Coisas pra colocar flores. Ou seja, vasos. — Ela pegou um carrinho, mas eu o tomei dela e o empurrei a nossa frente. — Acho que decidimos usar vasos de furacão.

— Afinal, o que é um vaso de furacão? E como Jere sabe o que é isso?

— Eu não estava falando do Jere, e sim da Taylor.

Ela assumiu o controle do carrinho de novo e saiu andando na minha frente. Eu a segui até o corredor doze.

— Está vendo?

Belly ergueu um vaso largo de vidro.

Cruzei os braços.

— Muito legal — falei, em um tom entediado.

Ela recolocou o vaso no lugar e pegou outro, mais fino, e não olhou para mim quando disse:

— Desculpa ter sobrado pra você vir aqui fazer isso comigo. Sei que é chato.

— Não é... tão chato assim — falei. Comecei a tirar vasos da prateleira. — De quantos vamos precisar?

— Espera! Qual é melhor, o grande ou o médio? Acho que talvez os médios sejam melhores — concluiu, levantando um e checando a etiqueta de preço. — É, definitivamente os médios. Mas aqui tem poucos. Pode achar alguém que trabalhe aqui?

— Os grandes — falei, porque eu já tinha empilhado quatro dos maiores no carrinho. — Os grandes são muito mais legais. Você consegue colocar mais flores, ou areia, ou sei lá o quê neles.

Belly estreitou os olhos.

— Tenho certeza de que você só está dizendo isso porque não quer ir procurar um funcionário.

— Tudo bem, é verdade. Mas, falando sério, acho os maiores mais legais.

Ela deu de ombros e então colocou outro vaso grande no carrinho.

— Acho que a gente pode colocar só um vaso grande em cada mesa, em vez de dois médios.

— E agora?

Comecei a empurrar o carrinho de novo, e ela voltou a tirá-lo de mim.

— Velas.

Eu a segui por outro corredor.

— Acho que você não sabe pra onde está indo — comentei.

— Estamos dando um passeio — retrucou ela, empurrando o carrinho. — Olha só todas essas flores artificiais e guirlandas. Coisa linda.

Parei.

— Vamos pegar algumas? Ficaria bonito na varanda. — Peguei um punhado de girassóis e acrescentei umas rosas brancas ao buquê. — Fica legal, não acha?

— Eu estava brincando — disse Belly, mordiscando o lábio. Percebi que ela estava tentando não sorrir. — Mas, sim, fica legal. Não é incrível, mas é legal.

Devolvi as flores.

— Está certo, desisto. De agora em diante, vou me limitar a levantar coisas pesadas.

— Mas foi uma bela tentativa.

Quando chegamos na casa, o carro de Jeremiah estava lá.

— Jere e eu podemos tirar tudo isso do carro mais tarde — falei, girando a chave.

— Eu ajudo — ofereceu ela, descendo do carro. — Só vou falar com o Jere primeiro.

Peguei duas sacolas mais pesadas e a segui para dentro de casa. Jeremiah estava deitado no sofá, assistindo à TV. Quando ele nos viu, se sentou.

— Onde vocês estavam? — perguntou.

Ele falou em um tom aparentemente despreocupado, mas seu olhar me fuzilou.

— Na Michaels — respondeu Belly. — Quando você chegou?

— Faz um tempinho. Por que não me esperaram? Eu disse que chegaria a tempo.

Jeremiah se levantou na mesma hora, atravessou a sala e puxou Belly para um abraço.

— E eu disse pra você que a Michaels fechava às nove. Duvido que você teria conseguido chegar a tempo — retrucou ela, parecendo irritada, mas ainda assim deixou que ele a beijasse.

Dei as costas.

— Vou pegar as sacolas no carro.

— Espere, vou ajudar. — Jeremiah soltou Belly e deu um tapinha nas minhas costas. — Con, obrigada por me dar cobertura hoje.

— Sem problema.

— Já passou das oito — falou Belly. — Estou morrendo de fome. Vamos jantar no Jimmy's.

Balancei a cabeça.

— Não, não estou com fome. Podem ir.

Jenny Han

— Mas você não comeu nada — argumentou ela, franzindo o cenho. — Venha com a gente.

— Não, obrigado.

Ela começou a protestar de novo, mas Jere falou:

— Bells, ele não quer ir. Vamos só nós dois.

— Tem certeza? — me perguntou Belly.

— Estou bem — falei, em um tom mais ríspido do que pretendia. Mas acho que funcionou, porque eles foram embora.

34

No Jimmy's, nenhum de nós pediu caranguejo. Pedi vieiras fritas e chá gelado, e Jeremiah, sanduíche de lagosta e cerveja. O garçom pediu a identidade dele e deu um risinho irônico quando checou a idade, mas serviu a cerveja mesmo assim.

Coloquei alguns pacotes de açúcar no chá gelado, provei, então acrescentei mais dois.

— Estou exausto — anunciou Jeremiah, recostando-se no banco e fechando os olhos.

— É melhor acordar. Temos muita coisa pra fazer.

Ele abriu os olhos.

— Tipo o quê?

— Como assim, tipo o quê? Mil coisas. Temos que decidir um monte de coisas ainda. Tipo, qual é a paleta de cores da cerimônia? E você vai usar terno ou fraque?

Ele bufou, rindo.

— Um fraque? Na praia? Acho que não vou nem usar sapatos.

— Ok, eu sei, mas é bom você decidir o que vai usar.

— Sei lá. Você que me diga. Vou usar o que você e Taylor quiserem que eu use. O dia é de vocês, certo?

— Rá-rá — retruquei. — Engraçadinho.

Não que eu realmente me importasse com o que ele iria usar. Só queria que Jere resolvesse isso logo e me dissesse, para que eu pudesse cortar aquele item da lista.

Ele tamborilou na mesa e disse:

— Estava pensando em camisa branca e bermudas cáqui. Legal e simples, como combinamos.

— Tudo bem.

Jere tomou um gole da cerveja.

— Ei, podemos dançar "You Never Can Tell" na festa?

— Não conheço essa música — falei.

— Claro que conhece. É do meu filme favorito. Dica: a trilha tocou sem parar na fraternidade durante todo o semestre. — Como continuei a encará-lo sem entender, Jeremiah cantou: — *"It was a teenage wedding and the old folks wished them well."*

— Ah, já sei. *Pulp Fiction.*

— Então, podemos?

— Está falando sério?

— Ah, vamos lá, Bells. Por favor. Podemos postar no YouTube. Aposto que vai ter um milhão de curtidas. Vai ser engraçado!

Eu o encarei, irritada.

— Engraçado? Quer que nosso casamento seja engraçado?

— Vamos lá! Você está tomando todas as decisões, e eu só estou pedindo uma coisinha — disse Jere, parecendo emburrado, e não consegui saber se estava falando sério ou não.

Bem, aquilo me irritou mesmo assim. E eu ainda estava chateada por ele não ter chegado a tempo para me ajudar na Michaels.

O garçom veio com nossa comida, e Jeremiah atacou na mesma hora o sanduíche de lagosta.

— Que outras decisões eu tomei? — perguntei a ele.

— Você decidiu que o bolo vai ser de cenoura — lembrou ele, com maionese pingando do queixo. — Eu gosto de bolo de chocolate.

— Não quero tomar todas as decisões! Nem sei direito o que estou fazendo.

— Então eu vou ajudar mais. Basta me dizer o que fazer. Ei, tive uma ideia. E se o tema do casamento fosse Tarantino? — sugeriu Jere.

— Nossa, imagina — retruquei, emburrada, enfiando o garfo em uma vieira.

— Você poderia ser a Noiva do *Kill Bill.* — Ele ergueu os olhos do prato. — Estou brincando! Mas a festa ainda vai ser bem tranquila, certo? A gente disse que queria que fosse tudo bem despojado.

— Sim, mas as pessoas ainda precisam comer, por exemplo.

— Não se preocupe com a comida e essas coisas. Meu pai vai contratar alguém pra cuidar de tudo.

Eu sentia o formigamento da irritação na pele, como brotoejas. Deixei escapar um suspiro baixinho.

— É fácil pra você dizer pra eu não me preocupar. Não é você que está planejando o casamento.

Jeremiah pousou o sanduíche e se endireitou na cadeira.

— Eu disse que ajudaria. E, como eu falei, meu pai vai cuidar de muita coisa.

— Não quero que ele cuide das coisas. Quero que a gente faça isso juntos. E fazer piadas com filmes do Quent Tarantino não conta exatamente como ajuda.

— É Quent*in* — corrigiu Jeremiah.

Eu o fuzilei com o olhar.

— Eu não estava brincando sobre a dança — disse ele. — Ainda acho que seria legal. E, Bells, estou cuidando de algumas coisas. Descobri como podemos resolver a questão da música. Meu amigo, Pete, trabalha como DJ nos fins de semana. Ele disse que poderia trazer as caixas de som, conectar o iPod e tomar conta da coisa toda. Aliás, Pete já tem a trilha de *Pulp Fiction*.

Jeremiah ergueu as sobrancelhas para mim, em uma expressão engraçada. Sabia que ele estava esperando que eu risse, ou ao menos sorrisse. E eu estava quase cedendo, só para acabar com aquela briga e poder comer minhas vieiras em paz, quando ele voltou a falar, em um tom inocente:

— Ah, espere, você quer checar com a Taylor primeiro? Pra ver se ela concorda?

Eu o encarei, furiosa. Jeremiah precisava parar com aquelas brincadeirinhas e começar a ser mais agradecido, porque Taylor estava realmente ajudando, ao contrário dele.

— Não preciso checar nada com ela. É uma ideia idiota, e não vai acontecer.

Jeremiah assoviou baixinho.

— Tudo bem, *noiva-demônio*.

— Não sou uma *noiva-demônio*! Nem queria nada disso. Foi *você* quem quis.

Ele me encarou.

— O que quer dizer com "não queria nada disso"?

De repente, meu coração disparou.

— Estou falando do planejamento. Não queria fazer todo esse planejamento idiota. Não estou falando do casamento em si. Ainda quero me casar.

— Ótimo. Eu também.

Ele estendeu a mão por cima da mesa, roubou uma vieira do meu prato e colocou na boca.

Enfiei a última vieira na boca antes que Jeremiah a pegasse também. E roubei um punhado de batatas fritas dele, embora também tivesse batata frita no meu prato.

— Ei — reclamou Jeremiah, franzindo o cenho. — Você tem suas batatas.

— As suas são mais crocantes — falei, mas na verdade foi mais para implicar com ele.

Então, me perguntei: pelo resto das nossas vidas, Jeremiah tentaria comer minha última vieira ou o último pedaço do meu bife? Eu gostava de terminar toda a comida do prato — não era o tipo de garota que deixava sobrar um pouquinho só para ser educada.

Eu estava com uma batata frita na boca quando Jeremiah perguntou, de repente:

— Laurel ligou?

Engoli a batata. De repente, não estava mais com tanta fome.

— Não.

— Ela já deve ter recebido o convite.

— É.

— Bem, vamos torcer pra ela ligar esta semana — falou Jere, e enfiou o resto do sanduíche de lagosta na boca. — Quer dizer, tenho certeza de que ela vai entrar em contato.

— Vamos torcer — concordei. Dei um gole no chá gelado e acrescentei: — Nossa primeira dança pode ser com "You Never Can Tell", se você quiser mesmo.

Jere ergueu o punho no ar.

— Está vendo, é por isso que vou me casar com você!

Um sorriso se abriu lentamente no meu rosto.

— Porque sou generosa?

— Porque é muito generosa. E porque me entende — disse ele, pegando de volta algumas batatas que tinham ido para o meu prato.

Quando voltamos para casa, o carro de Conrad não estava lá.

35

Conrad

Eu teria preferido que alguém atirasse na minha cabeça mil vezes seguidas com uma pistola de pregos a ter que ver os dois abraçadinhos no sofá a noite toda. Depois que eles saíram para jantar, entrei no carro e dirigi até Boston. No caminho, pensei em não voltar mais para Cousins. Dane-se tudo. Seria mais fácil assim. A meio caminho de casa, estava convencido de que seria melhor assim. A uma hora de casa, decidi que os dois que se explodissem, eu tinha tanto direito de estar na casa de Cousins quanto eles. Ainda precisava limpar as calhas, e tinha quase certeza de ter visto um ninho de vespas no cano de esgoto. Tinha um monte de coisa que eu precisava fazer lá. Não poderia simplesmente não voltar.

Por volta da meia-noite, eu estava sentado diante da mesa da cozinha, de cueca boxer, comendo cereal, quando meu pai entrou, ainda usando o terno do trabalho. Eu nem sabia que ele estava em casa.

Ele não pareceu surpreso ao me ver.

— Con, posso falar com você um instante? — perguntou.

— Claro.

Ele se sentou à minha frente com um copo de conhaque. Sob a luz fraca da cozinha, pareceu tão velho. Os cabelos estavam rareando no topo, e ele havia perdido peso demais. Quando tinha ficado tão velho? Na minha mente, papai sempre tinha trinta e sete anos.

Ele pigarreou.

— O que você acha que devo fazer sobre essa história do Jeremiah? Quer dizer, ele está mesmo determinado a casar?

— Sim, acho que está.

— Laurel está arrasada. Ela já tentou de tudo, mas os meninos não estão ouvindo. Belly saiu de casa, e as duas não estão nem se falando. Você sabe como a Laurel é.

Aquilo tudo era novidade para mim. Não sabia que as duas não estavam se falando.

Meu pai deu um gole na bebida.

— Você acha que há alguma coisa que eu possa fazer? Pra resolver isso?

Ao menos daquela vez, eu realmente concordava com meu pai. Mesmo sem levar em conta meus sentimentos por Belly, eu achava que se casar aos dezenove era burrice. Para quê? O que eles estavam tentando provar?

— Você poderia parar de dar dinheiro pro Jere — falei, mas me senti um babaca por sugerir aquilo. Então acrescentei: — Mas, mesmo se fizer isso, ele ainda tem o dinheiro que a mamãe deixou.

— Só que a maior parte está aplicada em um fundo de investimento.

— Jere está determinado. Vai se casar de qualquer maneira. — Hesitei, então acrescentei: — Além do mais, se você fizesse alguma coisa assim, ele nunca perdoaria.

Meu pai se levantou e se serviu de mais conhaque. Ele tomou um gole antes de dizer:

— Não quero perdê-lo como perdi você.

Eu não sabia o que dizer. Ficamos sentados ali, em silêncio, e bem no momento em que eu finalmente abri a boca para dizer "Você não me perdeu", ele se levantou.

Meu pai deixou escapar um suspiro pesado e esvaziou o copo.

— Boa noite, filho.

— Boa noite, pai.

Observei-o subir a escada lentamente, cada passo mais pesado do que o anterior — como Atlas carregando o mundo nos ombros. Meu pai nunca teve que lidar com esse tipo de problema. Nunca teve que ser esse tipo de pai. Minha mãe estava sempre a postos para cuidar das coisas mais complicadas. Sem mamãe, ele era tudo que nos restara. E não era o bastante.

Eu sempre fui o favorito. Era o Jacó de nosso pai, e Jeremiah era Esaú. E eu nunca questionei isso, sempre imaginei que era assim por eu ser o mais velho. Simplesmente aceitava o fato, assim como Jere. Mas, conforme fomos ficando mais velhos, percebi que não era esse o motivo. A verdade era que ele se via em mim. Para nosso pai, eu era apenas um reflexo dele, de tão parecidos. Jere era como nossa mãe; eu, como nosso pai. E, por isso, era eu quem recebia toda a pressão. Era em mim que ele depositava toda a sua energia e todas as suas esperanças. Futebol, escola, tudo isso. Eu me esforçava muito para estar à altura de todas essas expectativas, para ser exatamente como ele.

A primeira vez em que percebi que meu pai não era perfeito foi quando ele esqueceu o aniversário da minha mãe. Papai passara o dia jogando golfe com os amigos e tinha chegado tarde em casa. Jere e eu havíamos feito um bolo e comprado flores e um cartão. Tínhamos arrumado tudo na mesa da sala de jantar. Meu pai havia tomado algumas cervejas — senti no seu hálito quando ele me abraçou.

— Merda, esqueci! — disse ele. — Meninos, podem colocar meu nome no cartão?

Eu estava no primeiro ano do ensino médio. Tarde para descobrir que seu pai não é um herói, eu sei. Essa foi só a primeira vez que me lembro de ter ficado decepcionado com alguma coisa que ele fez. Depois, descobri mais e mais razões para me decepcionar.

Todo o amor e todo o orgulho que eu sentia por ele se transformaram em ódio. Então comecei a me odiar, porque eu era um reflexo dele. Porque eu via a mesma coisa que ele, via como éramos parecidos. Isso me apavorou. Eu não queria ser o tipo de homem que traía a esposa. Não queria ser o tipo de homem que colocava o trabalho à frente da família, que não dava gorjetas em restaurantes, que nunca se importava em saber o nome da faxineira.

Daí em diante, fiquei determinado a destruir a imagem de mim que ele tinha na cabeça. Não aparecia mais para nossas corridas matinais, antes de ele sair para o trabalho. Não ia mais às pescarias, nem ao golfe — de que eu nunca tinha gostado, mesmo. E parei de jogar futebol, que eu adorava. Meu pai ia a todos os meus jogos e sempre filmava, para assistirmos enquanto ele apontava todos os meus erros. Sempre que saía uma matéria sobre mim no jornal, ele emoldurava e pendurava no escritório de casa.

Larguei tudo para atingi-lo. Abandonei qualquer coisa que o fizesse ter orgulho de mim.

Levei tanto tempo para entender.... Eu é que colocara meu pai em um pedestal. Eu tinha feito isso, não ele. E depois o desprezei por não ser perfeito. Por ser humano.

Voltei para Cousins na segunda-feira de manhã.

36

Na segunda-feira à tarde, Conrad e eu estávamos almoçando do lado de fora, no deque. Ele havia grelhado peitos de frango e espigas de milho. Conrad não estava brincando quando dissera que só comia frango grelhado.

— Jere avisou o que ele quer que você e Steven usem no casamento? — perguntei.

Ele balançou a cabeça, parecendo confuso.

— Achei que homens sempre usassem terno em casamentos.

— Bem, sim, mas vocês são os padrinhos, por isso vão usar roupas parecidas. Bermudas cáqui e camisas de linho branco. Ele não disse?

— Essa é a primeira vez que estou ouvindo sobre camisas de linho. Ou sobre ser padrinho.

Revirei os olhos.

— Jeremiah precisa prestar atenção. É claro que você é o padrinho dele. Você e Steven.

— E pode ter dois padrinhos? Achei que fosse só um. — Ele mordeu a espiga de milho e falou: — Steven pode ser o padrinho, eu não me importo.

— Não! Você é irmão do Jeremiah. Tem que ser padrinho.

Meu celular tocou quando eu estava explicando a ele o que se esperava de um padrinho. Não reconheci o número, mas, desde que começara a planejar o casamento, vinha recebendo muitas ligações assim.

— É Isabel?

Não reconheci a voz. Parecia de alguém mais velho, mais ou menos da idade da minha mãe. Quem quer que fosse, tinha um forte sotaque de Boston.

— Hum, é ela. Quer dizer, sou eu.
— Meu nome é Denise Coletti, estou ligando do escritório de Adam Fisher.
— Ah... olá. Prazer em conhecê-la.
— Sim, olá. Só preciso que você confirme algumas coisas pro seu casamento. Escolhi um serviço de bufê que faz eventos na área e concordou em nos atender de última hora... Essa empresa normalmente precisa de reserva com meses de antecedência. Tudo bem pra você?
— Claro — respondi, desanimada.

Conrad me olhou, curioso, e expliquei, só mexendo a boca, *Denise Coletti*. Os olhos dele se arregalaram, e ele gesticulou para que eu lhe passasse o celular. Afastei a mão dele.

Então, Denise Coletti continuou:
— Bem, quantas pessoas vocês estão esperando?
— Vinte, se todos vierem.
— Adam me disse que o número seria mais próximo de quarenta. Vou checar com ele. — Ouvi o barulho do teclado. — Então provavelmente quatro a cinco salgadinhos por pessoa. Vocês precisam de uma opção vegetariana no cardápio?
— Acho que Jeremiah e eu não temos nenhum amigo vegetariano.
— Muito bem. Você vai querer fazer uma degustação? Eu sugiro que sim.
— Hum, tudo bem.
— Fantástico. Vou marcar pra semana que vem. Agora, em relação à arrumação dos lugares. Quer duas ou três mesas longas, ou cinco mesas redondas?
— Hum... — Eu nem tinha pensado em mesas. E o que ela estava falando sobre quarenta pessoas? Queria que Taylor estivesse junto comigo para me dizer o que fazer. — Posso responder depois?

Denise deixou escapar um suspiro, e me dei conta de que eu tinha dado a resposta errada.

— Claro, mas faça isso o mais rápido possível, pra que eu possa repassar a informação pro bufê. Por enquanto é só. Entro em contato com você perto do fim da semana. Ah, e parabéns.

— Muito obrigada, Denise.

Perto de mim, Conrad falou alto:

— Oi, Denise!

— É o Con? — perguntou ela. — Diga oi a ele por mim.

— Denise está dizendo oi — falei para Conrad.

Então Denise falou "mazel tov" e desligamos.

— O que está acontecendo? — perguntou Conrad. Ele estava com um caroço de milho colado na bochecha. — Por que Denise ligou pra você?

Pousei o celular e disse:

— Hum, parece que a secretária do seu pai agora é nossa cerimonialista. E também parece que estamos convidando quarenta pessoas, em vez de vinte.

— Isso é uma boa notícia — comentou ele, indiferente.

— Como assim, é uma boa notícia?

— Quer dizer que meu pai concordou com o casamento. E está pagando por tudo.

Conrad começou a partir o frango.

— Ah. Uau. — Eu me levantei. — É melhor eu ligar pro Jere. Espere, estamos no meio do dia. Ele ainda está no trabalho.

Eu me sentei de novo.

Eu deveria estar aliviada por mais alguém estar assumindo o controle, mas só me senti oprimida. Aquele casamento estava se tornando muito maior do que eu havia imaginado. Agora alugaríamos mesas. Era coisa demais, muito de repente.

À minha frente, Conrad passava manteiga em outra espiga de milho. Abaixei os olhos para o prato. Não estava mais com fome. Só me sentia enjoada.

— Coma — disse Conrad.

Coloquei um pedacinho de frango na boca.

Eu só conseguiria falar com Jeremiah mais tarde, mas a pessoa com quem eu realmente queria conversar era minha mãe. Ela saberia como organizar as mesas e como distribuir os convidados em cada uma delas. Denise não era a pessoa que eu desejava que me dissesse o que fazer, nem o Sr. Fisher, nem mesmo Susannah. Eu só queria a minha mãe.

37

Conrad

SÓ ME DEI CONTA DE COMO BELLY ESTAVA ESTRESSADA QUANDO A OUVI ao telefone com Taylor, mais tarde naquela semana. Ela havia deixado a porta aberta, e eu estava escovando os dentes no banheiro do corredor.

— Taylor, agradeço de verdade o que sua mãe está tentando fazer — dissera ela —, mas seria estranho demais ter todos os adultos da vizinhança no meu chá de panela, e minha mãe, não... — Ela suspirou, então continuou: — Sim, eu sei. Está certo. Agradeça a sua mãe por mim.

Ela fechou a porta do quarto, e tive quase certeza de que a ouvi começar a chorar.

Fui para o meu quarto, me deitei na cama e fiquei encarando o teto.

Belly não havia deixado transparecer quanto a situação com a mãe a deixava triste. Ela era uma pessoa naturalmente alto-astral, animada, como Jere. Se houvesse um lado bom em uma situação, Belly o encontraria. Ouvi-la chorando me abalou. Eu sabia que deveria ficar fora daquela história, que essa era a coisa mais inteligente a fazer.

Belly não precisava que eu tomasse conta dela. Já estava bem grandinha. Além do mais, o que eu poderia fazer?

Definitivamente eu não me envolveria naquela história.

Na manhã seguinte, me levantei cedo para ir visitar Laurel. Ainda estava escuro quando saí. Liguei para ela no caminho e perguntei se poderia me encontrar para tomarmos café da manhã. Laurel ficou surpresa, mas não questionou. Disse que me encontraria em uma lanchonete na estrada.

Acho que Laurel sempre foi especial para mim. Desde pequeno, gostava de ficar perto dela. Gostava de poder ficar em silêncio ao seu lado, em sua companhia. Depois que minha mãe morreu e eu pedi transferência para Stanford, comecei a ligar para Laurel de vez em quando. Ainda gostava de conversar com ela, e gostava do fato de ela me fazer lembrar da minha mãe sem que doesse demais. Era um vínculo com meu lar.

Quando cheguei à lanchonete, Laurel já esperava por mim, sentada a uma das mesas.

— Con — falou, levantando-se e abrindo os braços. Parecia ter perdido peso.

— Oi, Lau — respondi, cumprimentando-a com um abraço.

Ela pareceu mesmo muito magra nos meus braços, mas tinha o mesmo cheiro. Laurel sempre tivera um cheiro de limpeza, com um toque de canela.

Eu me sentei a sua frente. Depois de pedirmos panquecas e bacon, ela perguntou:

— Então, como vão as coisas?

— Bem — respondi, e tomei um pouco de suco.

Como eu deveria abordar o assunto? Aquele não era meu estilo. Não era natural para mim, como era para Jere. Estava me metendo em algo que não era da minha conta. Mas tinha que fazer aquilo. Por ela.

Pigarreei e falei:

— Chamei você aqui porque quero conversar sobre esse casamento.

O rosto de Laurel ficou sério, mas ela não me interrompeu.

— Lau, eu acho que você deveria ir. Acho que deveria fazer parte disso. Você é mãe dela.

Ela mexeu o café, então ergueu os olhos para mim e perguntou:

— Você acha que eles deveriam se casar?

— Não foi isso que eu disse.

— Então, o que você acha?

— Acho que os dois se amam e que vão se casar, não importa o que os outros pensem a respeito. E... acho que Belly realmente precisa da mãe.

— Isabel parece estar se saindo muito bem sem mim — comentou ela, impassível. — Não se deu nem ao trabalho de me avisar onde estava. Tive que ficar sabendo por Adam, que, a propósito, parece que vai bancar esse casamento. Típico dele. E agora Steven vai ser padrinho, e o pai de Belly vai ceder, como sempre. Parece que sou a única batendo o pé.

— Belly não está bem. Mal está comendo. E... eu a ouvi chorando ontem à noite. Ela estava conversando com a Taylor e disse que não parecia certo a mãe dela organizar um chá de panela no qual você não estivesse presente.

A expressão de Laurel se suavizou um pouquinho.

— Lucinda vai organizar um chá de panela pra ela? — Então, voltou a mexer o café. — Jere não pensou direito nisso. Ele não está levando essa história a sério como deveria. Não tem noção do que está fazendo.

— Você está certa, ele não é um cara que leva as coisas muito a sério. Mas, acredite em mim, Jere leva Belly muito a sério. — Respirei fundo. — Laurel, se você não for, vai se arrepender.

Ela me encarou.

— Estamos sendo honestos um com o outro aqui?

— Não é o que sempre fazemos?

Laurel assentiu e deu um gole no café.

— Sim, é o que fazemos. Então me diga: qual é o seu interesse em tudo isso?

Eu sabia o que estava vindo. Afinal, aquela era Laurel. Não era mulher de fazer rodeios.

— Quero que ela seja feliz.

— Ah. Só ela?

— Jeremiah também.

— E é só isso?
Ela me olhou com firmeza.
Eu fiz o mesmo.

Tentei pagar pelo café da manhã, já que eu que tinha convidado, mas Laurel não deixou.

— De jeito nenhum — falou.

No caminho de volta, fiquei repassando nossa conversa. A expressão eloquente no rosto dela, quando me perguntou qual era meu interesse naquilo. O que eu estava fazendo? Escolhendo vasos com Belly, tentando bancar o pacificador com nossos pais. De repente, eu era o cerimonialista deles, e nem sequer concordava com o que estavam fazendo. Precisava me desvencilhar daquela situação. Tinha que lavar as mãos e escapar de toda aquela confusão.

38

— Onde você estava? — perguntei a Conrad, quando ele entrou pela porta dos fundos, depois de passar a manhã toda fora.

Ele não respondeu de imediato. Na verdade, mal olhava para mim. Disse apenas:

— Fui resolver umas coisas.

Eu o encarei como se não entendesse, mas ele não deu mais nenhuma informação.

— Quer ir comigo à florista em Dyerstown? Tenho que escolher as flores pro casamento.

— Jere não vem hoje? Você não pode ir com ele?

Conrad pareceu irritado.

Fiquei surpresa e um pouco magoada. Achei que estivéssemos nos dando muito bem nas últimas semanas.

— Ele só vai chegar à noite. — Então acrescentei, em tom brincalhão: — De qualquer modo, você é o especialista em arranjos florais, não lembra?

Conrad ficou de pé diante da pia, de costas para mim. Ele abriu a torneira e encheu um copo.

— Não quero deixar Jere chateado.

Pensei ter ouvido um traço de mágoa em sua voz. Mágoa... e mais alguma coisa. Medo.

— Qual é o problema, Con? Aconteceu alguma coisa hoje de manhã?

De repente, fiquei preocupada. Como Conrad não respondeu, parei atrás dele. Estava prestes a pousar a mão em seu ombro quando ele se virou. Abaixei a mão.

— Não aconteceu nada — disse ele. — Vamos. Eu dirijo.

Conrad ficou muito quieto na florista. Taylor e eu tínhamos nos decidido por copos-de-leite, mas, quando folheei os catálogos da loja, acabei mudando de ideia e escolhendo peônias. Quando mostrei a Con, ele comentou:

— Eram as flores favoritas da minha mãe.

— Eu me lembro — falei.

Encomendei cinco arranjos, um para cada mesa, como Denise Coletti sugeriu que fizesse.

— E quanto ao buquê? — perguntou a florista.

— Pode ser de peônias também? — quis saber.

— Claro, podemos fazer isso. Vou montar um belo buquê pra você. — E, virando-se para Conrad, ela perguntou: — Você e seus padrinhos vão usar *boutonnières*?

Ele ficou muito vermelho.

— Não sou o noivo.

— Ele é o irmão do noivo — expliquei, entregando o cartão de crédito do Sr. Fisher a ela.

Saímos da loja logo depois.

No caminho de volta, passamos por uma barraca de frutas na beira da estrada. Eu queria parar, mas não disse nada. Acho que Conrad percebeu, porque perguntou:

— Quer voltar?

— Não, tudo bem, já passamos — respondi.

Ele deu meia-volta na rua de mão única.

A barraca de frutas na verdade era só dois caixotes de madeira com pêssegos e uma placa dizendo para deixar o dinheiro na caixa. Deixei um dólar, porque não tinha trocado.

— Você não vai querer um? — perguntei a ele, limpando o pêssego na blusa.

— Não, sou alérgico a pêssego.

— Desde quando? Eu com certeza já vi você comendo. Ou pelo menos torta de pêssego.

Ele deu de ombros.

— Desde sempre. Já comi antes, sim, mas sempre me dá uma coceira dentro da boca.

Antes de dar uma mordida no pêssego, fechei os olhos e inalei o aroma.

— Azar o seu.

Eu nunca comera um pêssego como aquele. Estava maduro na medida certa. Os dedos afundavam um pouco na fruta só de tocá-la. Mordi com gosto, e o caldo escorreu pelo queixo enquanto a polpa melava minha mão. Era doce e azedinho ao mesmo tempo. Uma experiência para ser aproveitada com todos os sentidos: olfato, paladar, tato e visão.

— É um pêssego perfeito — falei. — Quase não quero comer outro, porque não tem como estar tão bom quanto esse.

— Vamos testar — disse Conrad, e pegou outro pêssego para mim. Comi em quatro dentadas.

— Estava tão bom quanto o outro? — perguntou.

— Sim. Estava.

Conrad estendeu a mão e limpou meu queixo com a camisa. Talvez tenha sido o gesto mais íntimo que alguém já fez comigo.

Eu me senti zonza, as pernas bambas.

Foi o modo que ele me olhou, naqueles poucos segundos... Mas Conrad logo abaixou os olhos, como se a luz do sol estivesse ofuscante demais atrás de mim.

Eu me afastei e falei:

— Vou comprar mais alguns pro Jere.

— Boa ideia — disse Conrad, e se afastou também. — Vou esperar no carro.

Eu tremia enquanto enchia uma sacola plástica com pêssegos. Bastou um olhar, um toque dele, para me deixar trêmula. Aquilo era loucura. Eu ia me casar com o irmão de Conrad.

De volta ao carro, eu não disse nada. Não conseguiria, mesmo se quisesse. Não tinha palavras. Na quietude do ar-condicionado do carro, o silêncio entre nós parecia berrar. Então, abri a janela e me concentrei em tudo que passava ao meu lado.

Em casa, o carro de Jeremiah já estava estacionado. Conrad sumiu assim que entramos. Encontrei Jere cochilando no sofá, os óculos escuros ainda no alto da cabeça. Beijei-o para acordá-lo.

Ele piscou e abriu os olhos.

— Oi.

— Oi. Quer um pêssego? — perguntei, balançando a sacola feito um pêndulo.

Eu me sentia agitada de repente. Jere me abraçou e disse:

— Você é um doce.

— Sabia que Conrad é alérgico a pêssego?

— Claro. Você não se lembra daquela vez em que ele tomou sorvete de pêssego e ficou com a boca toda inchada?

Eu me afastei para lavar os pêssegos. Disse a mim mesma que não havia motivo para me sentir culpada, nada acontecera. Eu não tinha feito nada.

Lavei os pêssegos no escorredor de macarrão, escorrendo o excesso de água como vi Susannah fazer tantas vezes. Enquanto a água corria sobre as frutas, Jeremiah apareceu atrás de mim.

— Acho que já estão bem-lavados — disse, e pegou um.

Ele se sentou na bancada da cozinha e deu uma mordida.

— Está bom, não? — perguntei.

Levei um ao nariz e inspirei fundo, tentando apagar da minha mente todos os pensamentos loucos.

Jeremiah assentiu. Ele já havia terminado de comer e jogou o caroço fora.

— Bom mesmo. Comprou morango? Eu poderia comer uma caixa inteira de morangos.

— Não, só pêssegos.

Coloquei-os em uma fruteira prateada, arrumando-os da maneira mais elegante que consegui. Minhas mãos ainda tremiam.

39

O apartamento era forrado com carpete azul-marinho em todos os cômodos, e, embora eu estivesse de chinelo, conseguia sentir que estava úmido. A cozinha era praticamente do tamanho de um banheiro de avião, e não havia janelas no quarto. O lugar tinha o pé-direito alto — na minha opinião, a única coisa boa ali.

Jeremiah e eu tínhamos passado o dia todo visitando apartamentos perto da faculdade. Aquele era o terceiro e de longe o pior.

— Gosto do carpete — comentou Jeremiah, satisfeito. — É legal acordar de manhã e afundar os pés no carpete.

Olhei para a porta, onde o senhorio nos esperava. Ele parecia ser mais ou menos da idade do meu pai. Usava os cabelos brancos presos em um rabo de cavalo, tinha bigode e uma tatuagem de sereia de topless no braço. O homem me pegou olhando para a tatuagem e sorriu para mim. Abri um sorriso sem graça.

Então, voltei para o quarto e fiz sinal para que Jeremiah me seguisse.

— Esse lugar fede a cigarro — sussurrei. — É como se o carpete tivesse absorvido o cheiro.

— Limpa-carpetes nele, amor.

— *Você* passa limpa-carpetes. Sozinho. Eu não vou morar aqui.

— Qual é o problema? O prédio é tão perto que fica praticamente dentro do campus. E tem um quintalzinho... Podemos fazer churrasco. Pense só em todas as festas que daríamos. Vamos lá, Belly, por favor.

— Vamos lá nada. Vamos voltar pro primeiro apartamento que a gente viu, o que tinha ar-condicionado central.

Acima de nós, eu sentia a vibração de um aparelho de som.

Jeremiah enfiou as mãos nos bolsos.

— Aquele lugar era cheio de gente velha e famílias. Este aqui é pra pessoas da nossa idade. Universitários que nem a gente.

Voltei a olhar para o senhorio, que mexia no celular, fingindo não escutar a conversa.

Abaixei a voz antes de dizer:

— Este lugar é praticamente uma casa de fraternidade. Se eu quisesse morar em uma, me apertaria com você na sua.

Ele revirou os olhos e disse, em voz alta:

— Acho que não vamos ficar com o apartamento.

Para o senhorio, Jeremiah deu de ombros, como se dissesse "mulheres, fazer o quê?". Como se os dois estivessem naquilo juntos, como se fossem parceiros.

— Obrigada por nos mostrar o apartamento — agradeci.

— Sem problemas — respondeu o cara, acendendo um cigarro.

Quando saíamos do apartamento, fuzilei Jeremiah com o olhar. Ele perguntou, sem emitir som: *O que foi?*, confuso. Só balancei a cabeça.

— Está ficando tarde — disse ele, já no carro. — Vamos escolher um lugar e pronto. Quero acabar logo com isso.

— Está certo, tudo bem — concordei, enquanto ligava o ar-condicionado. — Então eu escolho o primeiro apartamento.

— Tudo bem — aceitou Jeremiah.

— Tudo bem — repeti.

Voltamos para o primeiro prédio, para preencher a papelada. Fomos direto para o escritório da administradora. A responsável pela administração do prédio era Carolyn, uma mulher alta, ruiva e que usava um vestido estampado transpassado. Seu perfume parecia com o que Susannah costumava usar. Considerei isso um bom presságio.

— Então, não são seus pais que estão alugando o apartamento pra vocês? — perguntou Carolyn. — Quem assina o contrato de aluguel pra maior parte dos universitários são os pais.

Abri a boca para responder, mas Jeremiah foi mais rápido.

— Não, estamos fazendo isso por nossa conta. Estamos noivos.

A expressão dela foi de surpresa, e vi quando desviou brevemente os olhos para minha barriga.

— Ah! Bem, parabéns!

— Obrigado — disse Jeremiah.

Eu não falei nada. Já estava de saco cheio de todo mundo achar que eu estava grávida só porque íamos nos casar.

— Vamos precisar fazer uma análise de crédito antes de dar entrada no pedido de aprovação — explicou Carolyn. — Se estiver tudo certo, o apartamento é de vocês.

— Se a pessoa tiver atrasado o pagamento de algumas faturas do cartão de crédito, isso seria um problema? — perguntou Jeremiah, inclinando-se para a frente.

Senti meus olhos se arregalando.

— Que história é essa? — sussurrei. — Seu pai paga seu cartão de crédito.

— É, eu sei, mas fiz um cartão pra mim no primeiro ano de faculdade também. Pra ter meu próprio histórico de crédito — acrescentou Jeremiah, dando um sorriso para Carolyn.

— Não tenho dúvida de que vai ficar tudo bem — disse ela, mas seu sorriso tinha se apagado um pouco. — Como está seu crédito, Isabel?

— Hummm, bom, eu acho. Meu pai me colocou como dependente no cartão dele, mas eu nunca uso.

— Hum. Certo, e quanto a cartões de lojas de departamento? — perguntou ela.

Balancei a cabeça.

— Mas temos o primeiro e o último mês de aluguel para dar de garantia — falou Jeremiah. — E também o dinheiro pro depósito de caução. Então, está tudo bem.

— Ótimo — disse Carolyn, e se levantou. — Vou dar entrada nisso hoje e retorno para vocês nos próximos dias.

— Vou ficar com os dedos cruzados — falei, tentando parecer animada.

Jeremiah e eu saímos do prédio e, no estacionamento, já perto do carro, falei:

— Espero mesmo que a gente consiga esse apartamento.

— Se não conseguirmos esse, tenho certeza de que conseguiremos um dos outros. Duvido que Gary fosse fazer qualquer avaliação de crédito.

— Quem é Gary?

Jeremiah abriu a porta do motorista.

— O cara daquele último apartamento.

Revirei os olhos.

— Tenho certeza de que Gary também faria uma avaliação de crédito.

— Duvido. Gary era legal.

— *Gary* provavelmente tem um laboratório de metanfetamina no porão — falei, e dessa vez foi Jeremiah quem revirou os olhos. — Se a gente morasse naquele apartamento, provavelmente acordaria no meio da noite em uma banheira imunda cheia de gelo, sem os rins.

— Belly, ele aluga apartamentos pra uma porção de universitários. Um cara do meu time de futebol morou lá o ano passado todo, e ele está bem. Ainda tem os dois rins e tudo o mais.

Nós nos encaramos, um de cada lado do carro.

— Por que ainda estamos falando sobre isso? — perguntou Jere.

— Você conseguiu o que queria, lembra?

Ele não terminou a frase do modo como eu sabia que queria terminar: "Você conseguiu o que queria, como sempre."

— Não sabemos se eu consegui o que queria ou não.

Também não terminei a frase como desejava: "Não sabemos se eu consegui o que queria ou não, porque você não pagou seu cartão."

Abri com força a porta do passageiro e entrei.

★ ★ ★

Recebi a ligação mais tarde naquela semana. Não conseguimos o apartamento. Eu não sabia se tinha sido por causa do histórico de crédito ruim de Jere ou da minha ausência de histórico de crédito, mas não importava. O fato foi que não conseguimos.

40

Chegou o dia do chá de panela de Taylor. Eu pensava no evento como sendo dela, porque foram ela e a mãe que organizaram tudo. Os convites que mandaram eram mais elegantes do que os convites para o próprio casamento.

Já havia uma porção de carros estacionados em frente à casa. Reconheci o Audi prateado de Marcy Yoo e o Honda azul da Mindy, tia de Taylor.

A caixa de correio estava enfeitada com balões brancos, o que me fez lembrar de todas as festas de aniversário que ela já dera. Sempre usava balões rosa-choque. Sempre.

Eu usava um vestido branco e sandálias e estava de rímel, blush e um brilho labial rosa. Quando saí da casa, em Cousins, Conrad tinha dito que eu estava bonita. Aquela foi a primeira vez em que nos falamos desde o dia dos pêssegos. Ele disse *Você está bonita*, e eu agradeci. Totalmente normal.

Toquei a campainha, algo que eu nunca fazia na casa de Taylor. Mas, como era uma festa, achei que deveria.

Ela abriu a porta. Estava com um vestido rosa com estampa de peixes verde-claro nadando ao longo da bainha, e tinha feito um penteado meio preso, meio solto. Para falar a verdade, parecia que Taylor era a noiva, não eu.

— Você está linda — disse ela, e me abraçou.

— Você também — respondi, e entrei.

— Já está quase todo mundo aqui — avisou Taylor, enquanto me levava para a sala de estar.

— Só preciso fazer xixi antes — falei.

— Vai rápido, você é a convidada de honra.

Fui ao banheiro depressa e, depois de lavar as mãos, tentei pentear os cabelos com os dedos. Também coloquei um pouco mais de brilho nos lábios. Por alguma razão, estava nervosa.

Taylor havia pendurado sinos de papel-crepom no teto, e o aparelho de som tocava "Going to the Chapel".

Na sala estavam nossas amigas Marcy, Blair e Katie; a tia de Taylor, Mindy; minha vizinha, a Sra. Evans, e a mãe de Taylor, Lucinda. E, sentada ao lado de Lucinda, no sofá, usando um terninho azul-claro, estava minha mãe.

Meus olhos se encheram de lágrimas quando a vi.

Não atravessamos a sala para nos abraçarmos, nem nos debulhamos em lágrimas. Cumprimentei todas as convidadas, e, quando finalmente cheguei nela, nos abraçamos com força, por um longo tempo. Não tivemos que dizer nada, porque nós duas sabíamos.

Na mesa do bufê, Taylor apertou minha mão.

— Feliz? — sussurrou.

— Demais — sussurrei de volta, e peguei um prato.

Sentia um alívio imenso. Tudo estava se encaminhando. Minha mãe estava de volta. Aquilo estava mesmo acontecendo.

— Ótimo — disse Taylor.

— Como isso aconteceu? Sua mãe falou com a minha?

— Ahã — confirmou ela, e me soprou um beijinho. — Minha mãe disse que nem foi difícil convencê-la a vir.

Lucinda tinha arrumado a mesa com seu famoso bolo de coco no centro. Havia limonada com água gasosa, enroladinhos de salsicha, minicenouras e uma pastinha de cebola — todas as minhas comidas favoritas. Minha mãe havia levado seus quadradinhos de limão.

Enchi meu prato e me sentei perto das garotas. Depois de enfiar um enroladinho de salsicha na boca, falei:

— Muito obrigada por terem vindo!

— Não acredito que você vai se casar — disse Marcy, balançando a cabeça, perplexa.

— Nem eu — concordou Blair.

— Nem eu — falei.

Abrir os presentes foi a melhor parte. Parecia que era meu aniversário. Formas de cupcake da Marcy, copos da Blair, toalhas de mão da tia Mindy, livros de receita da Lucinda, uma jarra de vidro da Taylor, um edredom da minha mãe.

Taylor se sentou ao meu lado, anotando quem tinha dado o quê e recolhendo as fitas dos embrulhos. Ela furou um prato de papel e enfiou as fitas pelos furos.

— Pra que isso? — perguntei.

— É o seu buquê pro ensaio da cerimônia, bobinha — disse Lucinda, sorrindo para mim.

Ela havia feito bronzeamento artificial naquela manhã. Dava para ver as marcas dos óculos protetores.

— Ah, não vamos fazer um jantar de ensaio.

Sinceramente, para que ensaiar? O casamento seria na praia, uma cerimônia simples e descomplicada, bem do jeito que eu e Jeremiah queríamos.

Taylor me estendeu o prato.

— Então você tem que usar como chapéu.

Lucinda se levantou e prendeu o prato ao redor da minha cabeça feito uma touca. Todas rimos, e Marcy tirou uma foto.

Taylor se levantou, segurando o caderno.

— Muito bem, então preparem-se pro que Belly vai dizer na noite de núpcias.

Cobri o rosto com o chapéu de fitas. Já tinha ouvido falar daquela brincadeira. A madrinha anota tudo que a futura noiva diz enquanto abre os presentes.

— "Nossa, que beleza!" — exclamou Taylor, e todas riram.

Tentei pegar o caderno da mão dela, mas Taylor ergueu-o acima da minha cabeça e leu:

— "Jeremiah vai amar isso!"

★ ★ ★

Depois do concurso de melhor vestido de papel higiênico, depois de arrumarmos tudo e de todas as convidadas irem embora, fui com minha mãe até o carro dela.

Eu me senti constrangida quando falei:

— Obrigada por vir, mãe. Foi muito importante pra mim.

Ela afastou meus cabelos dos olhos.

— Você é a minha menina. — Foi só o que ela disse.

Eu a abracei.

— Amo tanto, tanto você.

Liguei para Jeremiah assim que entrei no carro.

— Vai acontecer! — gritei.

Não que em algum momento não fosse. Ainda assim, planejar aquele casamento, estar longe de casa, brigada com minha mãe... Tudo isso tinha me deixado tensa. Mas, com minha mãe ao meu lado, eu finalmente me sentia capaz de voltar a respirar. Minhas preocupações tinham desaparecido. Finalmente eu me sentia completa. Me sentia capaz de fazer aquilo.

Naquela noite, dormi em casa. Steven, minha mãe e eu assistimos a um desses programas em que recriam crimes famosos. Gargalhamos com as atuações horrorosas, comemos salgadinhos e o que tinha sobrado dos quadradinhos de limão da minha mãe. Foi bom demais.

41

Conrad

No dia em que Belly voltou para casa, fui visitar Ernie, o antigo proprietário do restaurante de frutos do mar onde eu trabalhava como garçom. Todo adolescente que ia para Cousins sabia quem ele era, e Ernie conhecia cada um de nós. Embora já estivesse velho, nunca esquecia um rosto. Ernie já devia ter pelo menos setenta anos quando trabalhei no restaurante, durante o ensino médio. Agora, o responsável pelo lugar era seu sobrinho, John, que era um babaca. Para começar, rebaixara Ernie a garçom, mas o tio não conseguiu dar conta do trabalho, e John acabara colocando-o para arrumar os talheres e guardanapos. John acabou afastando Ernie totalmente do negócio e forçando-o a se aposentar. Era verdade que Ernie estava velho, mas era um trabalhador dedicado, e todos o amavam. Eu costumava fazer pausas para fumar junto com ele, do lado de fora do restaurante. Sabia que era errado deixá-lo fumar, mas ele já era um senhor, e quem consegue dizer não para um velhinho?

Ernie morava em uma casinha perto da estrada, e eu tentava visitá-lo pelo menos uma vez por semana. Para fazer companhia, mas também para me certificar de que ainda estivesse vivo. Ele não tinha muita gente por perto para lembrá-lo de tomar seus remédios, e o sobrinho com certeza não tinha o hábito de visitá-lo. Depois que John o afastara do negócio, Ernie dizia que ele já não era mais sangue do seu sangue.

Por isso, fiquei bem surpreso quando entrei na rua de Ernie e vi o carro de John saindo da casa dele. Estacionei e bati à porta antes de entrar.

— Você me trouxe cigarros? — perguntou Ernie, do sofá.

Era a mesma coisa toda vez. Ele nem podia mais fumar.

— Não. Larguei o cigarro.

— Então suma daqui.

Ele riu, como sempre, e me sentei no sofá. Assistimos a séries policiais antigas e comemos amendoim em silêncio. Só conversávamos durante os comerciais.

— Você está sabendo que meu irmão vai se casar no próximo fim de semana? — perguntei.

Ele bufou.

— Ainda não morri, garoto. É claro que fiquei sabendo. Todo mundo está sabendo. Ela é um amor de garota. Sempre me cumprimentava com uma reverência quando era pequena.

Eu sorri.

— Isso era porque a gente dizia a Belly que você tinha sido príncipe na Itália antes de se tornar mafioso — revelei. — O Poderoso Chefão de Cousins.

— E é isso aí.

O programa recomeçou e voltamos a assistir em um silêncio camarada. Então, no intervalo seguinte, Ernie falou:

— E aí, você vai ficar chorando por causa do casamento que nem um frouxo ou vai fazer alguma coisa a respeito?

Quase me engasguei com um amendoim. Ainda tossindo, tentando me recuperar, perguntei:

— Como assim?

Ele bufou de novo.

— Ah, não venha com gracinha pra cima de mim. Você ama a garota, certo? Ela não é a mulher da sua vida?

— Ernie, acho que você se esqueceu de tomar seus comprimidos hoje — falei. — Onde está a caixa de remédios?

Ele ignorou minhas palavras, balançando a mão pálida e ossuda, a atenção de volta à TV.

— Fique quieto. A série voltou.

Tive que esperar até o intervalo seguinte para perguntar, tentando soar despreocupado:

— Você acredita mesmo nisso? Que estamos destinados a ficar com uma só pessoa?

Ele respondeu, enquanto tirava a casca de um amendoim.

— Claro que acredito. Elizabeth era a mulher da minha vida. Quando ela morreu, não consegui encontrar motivo pra procurar outra. Minha garota se fora. Agora estou só passando meu tempo aqui. Pode pegar uma cerveja pra mim?

Eu me levantei e fui até a geladeira. Voltei com uma cerveja e um copo gelado. Ernie adorava o copo gelado.

— O que John estava fazendo aqui? — perguntei. — Eu vi o carro saindo quando cheguei.

— Ele veio aparar meu gramado.

— Achei que esse trabalho era meu — protestei, enquanto servia a cerveja para ele no copo.

— Você faz um trabalho de bosta nas bordas.

— Quando vocês voltaram a se falar?

Ernie deu de ombros e enfiou um amendoim na boca.

— Ele provavelmente está só farejando por aqui porque quer que eu deixe minha propriedade pra ele quando morrer. — Ernie tomou a cerveja e se recostou na poltrona reclinável. — Ah, mas John é um bom garoto. É o único filho da minha irmã. É família. E família é família. Nunca se esqueça disso, Conrad.

— Ernie, dois intervalos atrás, você me disse que eu seria um frouxo se não acabasse com o casamento do meu irmão!

Ele cutucou o dente e retrucou:

— Se estamos falando da mulher da sua vida, nada importa. Não importa se é família ou não.

Eu me senti mais leve quando deixei a casa de Ernie, algumas horas depois. Era sempre assim.

42

Era quarta-feira, faltava pouco para o casamento. No dia seguinte, Taylor e Anika chegariam em Cousins, assim como Josh, Redbird e meu irmão. Os meninos fariam a tal despedida de solteiro, e Taylor, Anika e eu pretendíamos ficar na piscina. Entre os esforços combinados de Denise Coletti e Taylor, o casamento estava praticamente pronto. A comida havia sido encomendada: sanduíches de lagosta e coquetel de camarão. Havia piscas-piscas pendurados no deque e no pátio. Conrad ia tocar uma música no violão quando eu entrasse com meu pai. Eu usaria as joias que Susannah me deixara e faria meu próprio penteado e maquiagem.

Tudo estava organizado, mas eu ainda não conseguia afastar a ideia de que estava esquecendo alguma coisa.

Estava passando aspirador na sala de estar quando Conrad abriu a porta. Ele passara a manhã surfando. Desliguei o aspirador.

— Que foi? — perguntei.

Conrad parecia pálido, e seus cabelos estavam pingando em cima dos olhos.

— Nada de mais — disse ele. — Eu me cortei com a quilha da prancha.

— Foi feio?

— Não, não muito.

Eu o vi ir mancando até o banheiro e corri até lá. Ele se sentou na beira da banheira, e o sangue já ensopara a toalha e escorria pela perna dele. Fiquei tonta por uma fração de segundos.

— Já está parando de sangrar — disse Conrad, e seu rosto estava branco como a bancada de mármore. Ele parecia prestes a desmaiar.

— Parece pior do que é.

— Continue colocando pressão — mandei. — Vou pegar a caixa de primeiros socorros.

Devia estar doendo muito, porque ele me obedeceu. Quando voltei com água oxigenada, gaze e um antisséptico, Conrad ainda estava sentado na mesma posição, com a perna dentro da banheira.

Eu me sentei ao seu lado, na borda da banheira, de frente para ele.

— Solte — pedi.

— Estou bem — disse Conrad. — Pode deixar que eu faço isso.

— Não, você não está bem — retruquei.

Então, ele soltou a toalha e eu pressionei sua perna. Ele se encolheu.

— Desculpe — falei.

Segurei a toalha ensanguentada no lugar por alguns minutos, então a afastei. O corte tinha alguns centímetros de comprimento, mas era estreito. Não estava mais sangrando tanto, por isso comecei a limpá-lo com água oxigenada.

— Ai! — gritou ele.

— Não seja um bebê, é só um arranhão — menti.

Estava me perguntando se precisaria de pontos.

Conrad se aproximou mais de mim, a cabeça se apoiando de leve no meu ombro enquanto eu limpava. Senti sua respiração, e a inspiração rápida a cada vez que eu tocava o corte.

Quando o machucado estava limpo, pareceu melhor. Passei o antisséptico e enrolei a panturrilha dele com gaze. Então, dei uma palmadinha em seu joelho.

— Está vendo? Passou.

Ele levantou a cabeça e disse:

— Obrigado.

— Imagina.

Então, por um momento, ficamos nos fitando, um sustentando o olhar do outro. Minha respiração acelerou. Se eu me inclinasse só um pouquinho para a frente, nós nos beijaríamos. Eu sabia que deveria me afastar, mas não consegui.

— Belly?

Senti o hálito dele no meu pescoço.
— Sim?
— Pode me ajudar a ficar de pé? Vou subir e tirar um cochilo.
— Você perdeu muito sangue — falei, e minha voz vibrou nos azulejos do banheiro. — Acho que não deveria dormir.
Ele deu um sorrisinho.
— Isso só vale para quando a pessoa bateu a cabeça.
Eu me levantei da banheira e o ajudei a se levantar.
— Consegue andar? — perguntei.
— Vou dar um jeito — disse ele.
Então se afastou de mim mancando, a mão na parede para se apoiar.
Minha camiseta estava úmida no lugar onde ele apoiara a cabeça. Comecei a limpar a bagunça automaticamente, com o coração disparado no peito. O que acabara de acontecer? O que eu quase tinha feito? Daquela vez não havia sido como no dia dos pêssegos. Daquela vez, tinha sido eu.

Conrad dormiu direto e não levantou para jantar. Fiquei na dúvida se deveria levar alguma coisa para ele comer, mas acabei achando melhor não. Em vez disso, aqueci uma das pizzas congeladas que eu tinha comprado e passei o resto da noite limpando o andar de baixo. Estava aliviada porque todo mundo chegaria no dia seguinte. Não seríamos mais só nós dois. Depois que Jeremiah chegasse, tudo voltaria ao normal.

43

Tudo realmente voltou ao normal. Eu estava normal, Conrad também. Era como se nada tivesse acontecido. A verdade era que nada tinha mesmo acontecido. Se ele não estivesse com um curativo na perna, eu acharia que havia sonhado com aquela história.

Os garotos estavam todos na praia, menos Conrad, que não podia molhar a perna. Ele ficou na cozinha, preparando o churrasco. Nós, as meninas, ficamos deitadas na beira da piscina, passando um saco de pipoca entre nós. O dia estava perfeito: o sol estava alto e quente, com poucas nuvens no céu. Não havia previsão de chuva para os sete dias seguintes. Nosso casamento estava a salvo.

— Redbird é meio gatinho, não? — comentou Taylor, ajeitando a parte de cima do biquíni.

— Eca — disse Anika. — Qualquer um que tenha esse tipo de apelido... Não, obrigada.

Taylor franziu o cenho para ela.

— Não seja tão crítica. Belly, o que acha?

— Hum... ele é legal. Jere diz que é um amigo muito leal.

— Está vendo? — cantarolou Taylor, cutucando Anika com o dedo do pé.

Anika me lançou um olhar, e dei um sorrisinho disfarçado para ela, antes de dizer:

— Ele é muito, muito leal. E daí se parece, sei lá, um homenzinho pré-histórico?

Taylor jogou um punhado de pipoca em cima de mim e, rindo, tentou enfiar mais um pouco na minha boca.

— Nós vamos sair com os meninos hoje à noite? — perguntou Anika.

— Não, eles vão sair sozinhos. Vão a algum bar que serve drinques chamados "Carro-bomba irlandês" pela metade do preço, ou algo parecido.

— Eca — resmungou Taylor.

Anika olhou de relance para a cozinha e comentou, em voz baixa:

— Vocês nunca tinham me dito como o Conrad é gato.

— Ele não é *tão* gato assim — retrucou Taylor. — Só acha que é.

— Não acha nada — defendi. E, para Anika, falei: — Tay só não gosta do Conrad porque ele nunca deu em cima dela.

— Por que ele daria em cima dela se era seu?

Fiz *shhh* para ela.

— Ele nunca foi meu — sussurrei.

— Ele *sempre* foi seu — disse Taylor, passando mais bronzeador.

— Não é mais — retruquei, com firmeza.

Comemos bifes e legumes grelhados no jantar. Foi uma refeição muito adulta. Eu me senti muito madura, sentada à mesa com todos os meus amigos, tomando vinho tinto. Eu estava ao lado de Jeremiah, que estava com o braço apoiado nas costas da minha cadeira. Mas ainda assim...

Durante toda a noite, conversei com outras pessoas. Não olhei na direção dele, mas sabia o tempo todo onde Conrad estava. Eu me sentia dolorosamente consciente de sua presença. Quando ele estava próximo, meu corpo vibrava. Quando estava longe, havia um vazio doloroso. Com ele perto, eu sentia tudo.

Con estava sentado ao lado de Anika e disse alguma coisa que a fez rir. Senti uma pontada no peito e desviei os olhos.

Tom se levantou e fez um brinde.

— A Belly e J-Fish, um casal... — ele arrotou — realmente incrível. Incrível pra cacete!

Vi Anika lançar um olhar para Taylor, tipo *você acha mesmo esse cara gatinho?* Taylor respondeu com um dar de ombros. Todos ergueram suas latas de cerveja e taças de vinho, e brindamos. Jeremiah me puxou para perto e me beijou na boca na frente de todo mundo. Eu me afastei, constrangida. Vi a expressão no rosto de Conrad, mas desejei não ter visto.

Então, Steven disse:

— Mais um brinde, pessoal. — Ele se levantou, constrangido. — Conheço Jeremiah desde que nasci. Belly também, infelizmente.

Joguei meu guardanapo nele.

— Vocês são um ótimo casal — disse Steven, olhando para mim. Então, se virou para Jeremiah. — Cuide bem dela, cara. Ela é chata pra cacete, mas é a única irmã que eu tenho.

Senti os olhos marejados. Então, me levantei e o abracei.

— Idiota — falei, secando os olhos.

Quando me sentei de volta ao lado de Jere, ele anunciou:

— Acho que eu também devo dizer alguma coisa. Em primeiro lugar, obrigado por terem vindo, pessoal. Josh, Redbird. Taylor e Anika. É muito importante pra nós dois vocês estarem aqui. — Jere me cutucou, e olhei para ele, esperando que mencionasse Conrad. Eu o encarei com uma expressão incomodada, mas ele pareceu não entender. E falou: — Diga alguma coisa também, Belly.

— Obrigada por virem — repeti. — E, Conrad, obrigada pela refeição incrível. Incrível pra cacete.

Todos riram.

Depois do jantar, fui até o quarto de Jeremiah e fiquei olhando enquanto ele se preparava para sair com os garotos. Eu e as meninas ficaríamos em casa. Eu tinha dito para Taylor ir com eles e investir no Redbird, mas ela preferiu ficar.

— O garoto comeu o bife com as mãos — comentou, parecendo enjoada.

Jere estava passando desodorante, e eu estava sentada na cama por fazer.

— Tem certeza de que não quer ir com a gente? — perguntou.

— Tenho. — De repente, falei: — Ei, você se lembra daquela vez em que encontrou aquela cachorrinha na praia? E nós a batizamos de

Rosie até descobrirmos que era macho, mas continuamos a chamá-lo de Rosie mesmo assim?

Ele olhou para mim, a testa levemente franzida, tentando se lembrar.

— Não fui eu que encontrei, foi o Conrad.

— Não, não foi. Foi você. E você chorou quando os donos vieram pegá-la.

— Não, foi o Conrad. — Subitamente a voz dele ficou séria.

— Acho que não — insisti.

— Com certeza foi.

— Tem certeza? — perguntei.

— Absoluta. Steve e eu o sacaneamos muito por chorar.

Tinha mesmo sido Conrad? Eu tinha tanta certeza dessa lembrança.

Ficamos com Rosie por três dias maravilhosos antes de seus donos aparecerem. Rosie era muito fofo. Era amarelo, tinha o pelo macio, e nós brigamos para decidir na cama de quem ele dormiria à noite. Decidimos fazer um revezamento, e eu fiquei por último, porque era a mais nova; assim, Rosie acabou nunca dormindo na minha cama.

O que mais eu havia lembrado errado? Eu era o tipo de pessoa que adorava jogar "Lembra Quando" mentalmente. Sempre sentira orgulho da minha capacidade de lembrar cada detalhe de tudo. Levei um susto ao pensar que minhas lembranças poderiam estar ligeiramente erradas.

44

Depois que os meninos saíram, subimos para o meu quarto para fazer as unhas e testar a maquiagem do casamento.

— Ainda acho que você deveria contratar um maquiador — disse Taylor, da minha cama, pintando as unhas dos pés com um esmalte rosa-claro.

— Não quero torrar mais dinheiro do Sr. Fisher. Ele já está gastando o bastante com esse casamento — respondi. — Além do mais, odeio usar muita maquiagem. Nunca combina muito comigo.

— Maquiadores são profissionais... Sabem o que estão fazendo.

— Naquela vez em que você me levou no balcão da MAC, me deixaram parecendo uma drag queen — resmunguei.

— Aquele é o estilo deles — retrucou Taylor. — Ao menos me deixe colocar cílios postiços em você. Eu vou usar. Anika também.

Olhei para Anika, que estava deitada no chão com uma máscara de pepino no rosto.

— Seus cílios já são longos, Anika — falei.

— Ela está me obrigando — reclamou Anika, entre dentes, tentando não rachar a máscara.

— Bem, eu não vou usar cílios postiços — decidi. — Jere sabe como são meus cílios de verdade e não se importa. Além do mais, eles me dão coceira nos olhos. Lembra, Tay? Você colocou cílios postiços em mim pro Halloween e arranquei tudo assim que você deu as costas.

— Lembro, um desperdício de quinze dólares — reclamou ela, fungando.

Taylor escorregou da cama e se sentou ao meu lado no chão. Eu estava testando os batons diferentes que ela tinha levado. Por enquanto estava em dúvida entre um gloss rosado e um batom coral clarinho.

— De qual você gosta mais? — perguntei.

Eu estava com o gloss no lábio de cima e o batom no de baixo.

— O batom — sugeriu Taylor. — Vai ficar melhor nas fotos.

A princípio, só Josh tiraria as fotos — ele havia feito algumas aulas de fotografia na Finch, e era o fotógrafo oficial de todas as festas da fraternidade. Mas agora que o Sr. Fisher e Denise Coletti estavam envolvidos, havíamos contratado um fotógrafo profissional, um conhecido de Denise.

— Talvez eu vá ao cabeleireiro — disse Taylor.

— Vá em frente — incentivei.

Vestimos nossos pijamas, e Taylor e Anika me deram um presente de casamento: um baby-doll branco de renda com uma calcinha combinando.

— É pra noite de núpcias — disse Taylor, em um tom malicioso.

— Ah, sim, entendi — falei, e levantei a calcinha. Torci para não estar vermelha demais. — Obrigada, meninas.

— Você tem alguma pergunta pra nos fazer? — perguntou Taylor, se sentando na minha cama.

— Taylor! Eu, tipo... vivo no mundo. Não sou idiota.

— É só que... — Ela fez uma pausa. — Você provavelmente não vai gostar tanto assim nas primeiras vezes. Quer dizer, eu sou bem pequena, o que significa que também sou bem pequena lá embaixo, por isso doeu muito. Talvez não doa tanto pra você. Explica pra ela, Anika.

Anika revirou os olhos.

— Não senti dor nenhuma, Isa.

— Bem, você talvez tenha uma vagina grande — comentou Taylor.

Anika bateu com o travesseiro na cabeça de Taylor, e começamos a rir tanto que não conseguimos parar. Então, falei:

— Espera, quanto doeu, exatamente, Tay? Dói tipo um soco no estômago?

— Quem já te deu um soco no estômago? — perguntou Anika.

— Tenho um irmão mais velho — lembrei.

— É um tipo diferente de dor — falou Taylor.

— Pior do que cólica de menstruação?

— Sim. Mas eu diria que é mais comparável a receber anestesia na gengiva.

— Ótimo, agora ela está comparando perder a virgindade a fazer uma obturação — retrucou Anika, se levantando. — Isa, pare de dar ouvidos ao que Taylor está dizendo. Prometo a você que é mais divertido do que ir ao dentista. Seria diferente se vocês dois fossem virgens, mas Jeremiah sabe o que está fazendo. Ele vai tomar conta de você.

Taylor teve outra crise de riso.

— Ele vai *tomar conta* dela!

Tentei sorrir, mas sentia o rosto paralisado. Jeremiah já transara com duas garotas. Mara, a namorada no ensino médio, e Lacie Barone. Então, sim, eu tinha certeza de que Jere saberia o que fazer. Eu só gostaria que não soubesse.

Nós três ficamos deitadas na minha cama, uma ao lado da outra, só conversando, com as luzes apagadas, e Anika foi a primeira a cair no sono. Eu havia pensado e repensado se deveria ou não contar a Taylor sobre Conrad, sobre como estava me sentindo. Queria contar, mas também tinha medo.

— Tay? — sussurrei.

Ela estava deitada ao meu lado, e eu estava na beira da cama, porque iria para o quarto de Jere quando os meninos voltassem.

— O que foi? — A voz dela estava sonolenta.

— Aconteceu uma coisa estranha.

— O quê? — Taylor ficou alerta.

— Ontem, Conrad cortou a perna surfando e eu o ajudei a cuidar do machucado, e teve um momento esquisito entre nós.

— Vocês se beijaram? — sussurrou ela.

— Não! — Então sussurrei de volta: — Mas eu quis. Eu fiquei... tentada.

— Nossa — disse ela com um suspiro baixo. — Mas nada *aconteceu*, certo?

— Nada aconteceu. Eu só... fiquei apavorada, porque meio que senti vontade. Só por um segundo. — Deixei escapar um grande suspiro. — Vou me casar em dois dias. Não deveria estar pensando em beijar outro cara.

— Conrad não é "outro cara" — argumentou Taylor. — Ele foi seu primeiro amor. Seu primeiro grande amor.

— Você está certa! — falei, aliviada. E já me senti mais leve. — É nostalgia. Só isso.

Taylor hesitou, então disse:

— Tem uma coisa que não te contei. Conrad foi ver sua mãe.

Prendi o ar.

— Quando?

— Há umas duas semanas. Ele a convenceu a ir ao chá de panela. Ela contou pra minha mãe, e minha mãe me contou...

Fiquei em silêncio. Ele tinha feito aquilo por mim?

— Não contei antes porque não queria que você ficasse toda agitada de novo. Porque você ama o Jere, certo? Quer se casar com ele?

— Aham.

— Tem certeza? Porque ainda não é tarde demais, você sabe. Ainda pode cancelar tudo... Não precisa se casar esse fim de semana. Você pode pensar por mais um tempo...

— Não preciso de mais tempo.

— Tudo bem.

Eu me virei de lado.

— Boa noite, Tay.

— Boa noite.

Demorou algum tempo até a respiração dela ficar mais pesada e regular, e fiquei só deitada, pensando.

Conrad ainda se preocupava comigo. Eu me levantei da cama sem fazer barulho, atravessei o quarto e tateei sobre a cômoda até encontrar. Meu unicórnio de vidro.

45

Quando Susannah nos deixava no shopping ou no centro de lazer comunitário, sempre colocava Conrad no comando e dizia:

— Tome conta deles, Conrad. Estou contando com você.

Certa vez, nos separamos no shopping, porque os meninos queriam ir para o fliperama e eu, não. Tinha oito anos na época. Falei que os encontraria na praça de alimentação uma hora depois. Fui direto para a loja de bibelôs de vidro. Os meninos nunca queriam ir lá, mas eu adorava. Fui de vitrine em vitrine. Eu gostava especialmente dos unicórnios. Queria comprar um, só unzinho, mas custava doze dólares, e eu só tinha dez. Não conseguia parar de olhar para o unicórnio. Peguei o bicho, coloquei de volta no lugar e peguei de novo. Antes que eu me desse conta, mais de uma hora havia se passado, quase duas. Corri para a praça de alimentação o mais rápido que consegui. Fiquei preocupada que os meninos fossem embora sem mim.

Quando apareci, Conrad não estava lá. Jeremiah e Steven, sentados perto do Taco Bell, contavam os tíquetes que tinham ganhado no fliperama.

— Onde você estava, Belly? — perguntou Steven, parecendo irritado.

Eu o ignorei.

— Cadê o Conrad? — perguntei a Jeremiah, ainda ofegante.

— Foi procurar você — disse Jere. E se voltou para Steven: — Quer usar os nossos tíquetes pra comprar alguma coisa agora, ou quer guardar pra próxima vez?

— Vamos esperar — respondeu Steven. — O cara disse que vão receber mais prêmios na semana que vem.

Conrad apareceu mais tarde e me encontrou sentada com Jeremiah e Steven, tomando um sorvete de casquinha. Estava furioso.

— Onde você se enfiou?! — gritou. — A gente ia se encontrar aqui às três!

Senti um nó na garganta e percebi que estava prestes a cair no choro.

— Na loja de bibelôs de vidro — sussurrei, o sorvete escorrendo na minha mão.

— Se alguma coisa acontecer com você, minha mãe me mata! Eu tenho que tomar conta de vocês.

— Tinha um unicórnio na loja...

— Deixa pra lá. Você nunca mais sai com a gente.

— Não, Conrad! Por favor — pedi, secando as lágrimas com a mão melada de sorvete. — Desculpa.

Percebi que ele se sentiu mal por ter gritado comigo. Con se sentou ao meu lado e falou:

— Nunca mais faça isso, Belly. De agora em diante, ficamos juntos. Certo?

— Tudo bem — concordei, fungando.

No meu aniversário, em agosto, Conrad me deu um unicórnio de vidro. Não o pequeno, mas o grande, que custava vinte dólares. O chifre quebrou durante uma das brincadeiras de luta de Jeremiah e Steven, mas guardei o unicórnio mesmo assim. Eu o deixava em cima da minha cômoda. Como poderia jogar fora um presente daqueles?

46

Conrad

Eu me ofereci para ser o motorista da rodada. Quando saímos de casa, todos já estavam altos de tanto vinho e cerveja.

Fomos no carro daquele cara, Tom, ou Redbird, sei lá o nome dele, porque era o maior, praticamente um Hummer. Jere foi no banco do carona, ao meu lado, e os outros foram atrás.

Tom se esticou entre nós e ligou o rádio no volume máximo. Ele começou a cantar junto com o rap, desafinando e errando as letras. Josh se juntou a ele, e Steven abriu o teto solar e colocou a cabeça para fora.

— Esses são seus amigos? — perguntei a Jere.

Ele riu e começou a cantar também.

O bar estava cheio. Havia garotas por toda parte — de salto alto, batons chamativos, com cabelos lisos e reluzentes. Na mesma hora, Redbird começou a tentar dançar com toda garota que passava, mas sempre recebia um não como resposta.

Fui até o bar pegar a primeira rodada de bebidas, e Steven me seguiu. Estávamos tentando chamar a atenção do barman quando Steven bateu no meu ombro e perguntou:

— E aí, como você está lidando com essa coisa toda?

— Com o quê? O casamento?

— Sim.

Dei as costas a ele.

— É a vida.

— Acha que os dois estão cometendo um erro?

Não precisei responder, porque o barman finalmente olhou para nós.

— Cinco doses duplas de tequila e uma cerveja — falei.

— Você não vai tomar uma dose com a gente? — perguntou Steven, decepcionado.

— Tenho que tomar conta desses tontos, lembra?

Levamos as bebidas para a mesa onde os outros caras estavam sentados. Os cinco viraram as doses; então, Redbird se levantou e começou a bater no peito e a gritar como o Tarzan. Os outros caíram na gargalhada e começaram a botar pilha encorajando-o a falar com duas garotas na pista de dança. Ele e Steven foram até elas, e ficamos todos sentados, observando. Steven estava se dando melhor que Redbird. Ele e a ruiva começaram a dançar, e Redbird voltou para a mesa, desanimado.

— Vou pegar outra rodada pra gente — falei.

Era meu dever como padrinho deixar todos eles bêbados.

Voltei com mais cinco doses de tequila, e, como Steven ainda estava na pista de dança, Jere virou a dose dele.

Eu estava bebericando minha cerveja quando ouvi aquele cara, Josh, dizer a Jeremiah:

— Cara, você finalmente vai conseguir ir até o fim com a Belly.

Levantei a cabeça na mesma hora. Jeremiah estava com o braço ao redor dos ombros de Josh, enquanto cantava:

— *"It's a nice day for a white wedding."*

Um belo dia para um casamento virginal. Eles ainda não tinham transado?

Então, ouvi Josh dizer:

— Cara, você também está praticamente virgem de novo. Não pegou ninguém desde a Lacie, em Cabo.

Cabo? Jeremiah tinha ido para Cabo no último recesso de primavera. Quando ele e Belly estavam juntos.

Jere começou a cantar, desafinado:

— *"Like a virgin, touched for the very first time."* (Como uma virgem, sendo tocada pela primeira vez.) — Então, se levantou. — Tenho que mijar.

Fiquei olhando enquanto ele cambaleava até o banheiro. Então Josh falou:

— Fisher é um sortudo filho da mãe. A Lacie é muito gata.

Tom o cutucou e disse bem alto:

— Merda, lembra que eles trancaram a gente do lado de fora do quarto do hotel? — Para mim, ele disse: — Foi hilário, cara. Hilário. Eles deixaram a gente trancado do lado de fora, e estavam tão concentrados que nem ouviram bater. Tivemos que dormir congelando no corredor.

Rindo, Josh falou:

— E a garota era escandalosa pra cacete também, você tinha que ver. Ai, Jere-ai-eu-ahnnn...

Fiquei tão irritado que não conseguia nem pensar. Cerrei os punhos embaixo da mesa. Queria socar alguma coisa. Primeiro, queria socar aqueles dois; então, tive vontade de ir atrás do meu irmão e dar uma surra nele.

Levantei de um pulo da mesa e atravessei o bar, abrindo caminho aos empurrões entre a multidão até chegar ao banheiro.

Bati com força na porta.

— Tem gente — disse Jeremiah, lá dentro, a voz arrastada. Eu o ouvi vomitando no vaso.

Fiquei parado ali por mais alguns segundos, mas acabei me afastando. Passei direto pela nossa mesa e fui para o estacionamento.

47

Uma hora depois, os garotos voltaram, caindo de bêbados. Eu já tinha visto Jere bêbado, mas não daquele jeito. Estava tão acabado que os outros praticamente tiveram que o carregar escada acima. Ele mal conseguia abrir os olhos.

— Bellyyyy! — gritou. — Vou me casar com você, garota!

— Vai dormir! — gritei de volta, do pé da escada.

Conrad não estava com eles.

— Cadê o Conrad? — perguntei a Tom. — Achei que ele fosse o motorista da rodada.

Tom estava cambaleando no andar de cima.

— Sei lá. Ele estava com a gente.

Fui até o carro porque achei que ele poderia ter desmaiado no banco traseiro. Mas Conrad não estava lá. Já estava começando a ficar preocupada, mas então o vi de relance, na praia, sentado no alto do posto do salva-vidas. Tirei os sapatos e fui até ele.

— Desce daí — pedi. — Não vá pegar no sono aí em cima.

— Sobe aqui — respondeu Conrad. — Só por um instante.

Pensei a respeito por um segundo. Ele não parecia bêbado, parecia bem sóbrio. Subi e me sentei ao seu lado.

— Vocês se divertiram? — perguntei.

Conrad não me respondeu.

Fiquei vendo as ondas quebrarem na praia, hipnotizada. Era noite de lua crescente.

— Adoro isso aqui à noite — comentei.

Então, de repente, ele disse:

— Preciso contar uma coisa.

Algo em sua voz me assustou.

— O quê?

Olhando para o oceano, Conrad falou:

— Jere traiu você quando foi pra Cabo.

Não era aquilo que eu esperava ouvir. Talvez aquela fosse a última coisa que eu esperava que ele dissesse. O maxilar de Conrad estava contraído com força, e ele parecia furioso.

— Hoje, no bar, um dos amigos idiotas dele contou. — Ele finalmente olhou para mim. — Lamento que tenha que ser eu a lhe contar. Mas achei que você tinha o direito de saber.

Eu não fazia ideia do que responder.

— Eu já sabia — disse, por fim.

Conrad se virou para mim, chocado.

— Você sabia?

— Sim.

— E vai se casar com ele mesmo assim?

Senti o rosto quente.

— Jere cometeu um erro — falei, baixinho. — E se odeia pelo que fez. Mas eu o perdoei. Está tudo bem agora. Na verdade, está tudo ótimo.

Conrad torceu a boca em uma expressão de desprezo.

— Você está de sacanagem? Ele passou a noite com outra garota em um quarto de hotel e você está defendendo o cara?

— Quem é você pra julgar? Isso não é problema seu.

— Não é problema meu? Aquele merdinha é meu irmão, e você é... — Ele não terminou a frase. Em vez disso, falou: — Nunca pensei que você seria o tipo de garota que aceitaria isso de um cara.

— Aceitei coisa muito pior de você — respondi, em um impulso, sem pensar.

Os olhos de Conrad se estreitaram.

— Eu nunca traí você. Nunca sequer olhei para outra garota quando estávamos juntos.

Eu me afastei dele e comecei a descer a escada.

— Não quero mais falar sobre isso.

Eu não sabia por que ele estava insistindo no assunto. Só queria que aquilo tudo ficasse para trás.

— Pensei que conhecesse você, Belly — comentou Conrad.

— Pois pensou errado.

E pulei o resto da descida.

Ouvi quando ele pulou atrás de mim e comecei a voltar para casa. Sentia as lágrimas ameaçando cair e não queria que ele visse.

Conrad correu para me alcançar e segurou meu braço. Tentei desviar os olhos, mas ele viu que eu estava prestes a desabar, e sua expressão mudou. Ele sentiu pena de mim, o que só me deixou pior.

— Desculpa — pediu. — Eu não deveria ter falado nada. Você está certa. Não é problema meu.

Dei as costas a ele. Não precisava da piedade dele.

Comecei a caminhar na direção oposta da casa. Não sabia para onde estava indo, só queria me afastar de Conrad.

— Eu ainda te amo — gritou ele.

Fiquei paralisada. Então me virei lentamente e olhei para ele.

— Não diga isso.

Ele deu um passo à frente.

— Não sei se algum dia vou conseguir tirar você do meu coração, não completamente. Tenho... essa sensação. De que você vai estar sempre ali. Aqui.

Ele colocou a mão no peito.

— Isso tudo é só porque vou me casar com o Jere. — Odiei o modo como minha voz soou trêmula e frágil. Fraca. — É por isso que você está dizendo todas essas coisas de repente.

— Não é de repente — retrucou ele, os olhos fixos nos meus. — É sempre.

— Não importa. Agora é tarde demais.

Eu me virei para ir embora.

— Espera — pediu Conrad, segurando meu braço de novo.

— Me solta.

Minha voz saiu tão fria que eu não a teria reconhecido. Conrad também ficou surpreso.

Ele se encolheu e baixou a mão.

— Só me diga uma coisa. Por que se casar agora? — perguntou. — Por que não apenas morar juntos?

Eu havia me feito a mesma pergunta, e ainda não chegara a uma boa resposta.

Comecei a me afastar, mas ele me seguiu e me segurou pelos ombros.

— Me solta.

Tentei me desvencilhar, mas ele não se mexeu.

— Espera. Espera.

Meu coração estava disparado. E se alguém nos visse? E se alguém ouvisse?

— Se você não me soltar, eu vou gritar.

— Me escuta, só por um minuto. Por favor. Estou implorando.

A voz dele saiu embargada, rouca.

Respirei fundo e comecei a fazer uma contagem regressiva mental. Sessenta segundos. Era tudo que ele teria de mim. Eu o deixaria falar por sessenta segundos, então iria embora e não olharia para trás. Dois anos atrás, aquilo era tudo que eu queria ouvir dele. Só que agora era tarde demais.

— Há dois anos, eu fiz merda — disse Conrad, baixinho. — Mas não do jeito que você imagina. Naquela noite... Você se lembra daquela noite? Quando estávamos voltando da faculdade de carro e chovia tanto que tivemos que parar naquele hotel de beira de estrada. Lembra?

Eu me lembrava daquela noite. É claro que me lembrava.

— Naquela noite, eu não dormi nada. Fiquei acordado, pensando no que fazer. Qual era a coisa certa a fazer? Porque eu sabia que te amava, mas também sabia que não devia. Não tinha o direito de amar ninguém naquela época. Depois que minha mãe morreu, fiquei transtornado. Havia uma raiva enorme dentro de mim o tempo todo. Tinha a sensação de que ia entrar em erupção a qualquer momento.

Ele respirou fundo.

— Não tinha capacidade, naquele momento, de amar você do jeito que você merecia. Mas sabia quem seria capaz disso: Jere. Ele amava você. Se eu continuasse com você, acabaria te magoando. Eu sabia disso. E não suportava pensar nisso. Por isso abri mão de você.

Àquela altura, eu já tinha parado de contar os segundos. Estava concentrada apenas em respirar. Inspirar e expirar.

— Mas este verão... Meu Deus, este verão. Ficar perto de você de novo. Conversar com você como antes. Você me olhando como costumava me olhar.

Fechei os olhos. Não importava o que ele dissesse agora, eu não ia ceder, foi o que repeti a mim mesma.

— Vi você de novo e todos os meus planos foram pro inferno. É uma situação impossível... Amo Jere mais que qualquer outra pessoa. Ele é meu irmão, minha família. E me odeio por estar fazendo isso. Mas, quando vejo vocês dois juntos, eu também o odeio. — A voz dele falhou. — Não se case com ele. Não fique com ele. Fique comigo.

Os ombros de Conrad se curvaram. Ele começou a chorar. Ouvi-lo implorar daquele jeito, vê-lo exposto e vulnerável... Tive a sensação de que meu coração ia explodir. Havia tantas coisas que eu queria dizer... mas não podia. Com Conrad, depois que eu começava, não conseguia mais parar.

Eu me afastei dele em um movimento brusco.

— Conrad...

Ele me segurou.

— Apenas seja sincera comigo. Você ainda sente alguma coisa por mim?

Eu o empurrei.

— Você não entende? Você nunca será pra mim o que Jere é. Ele é meu melhor amigo. Me ama, não importa o que aconteça. Ele não se afasta quando dá na telha. Ninguém nunca me tratou como Jere me trata. Ninguém. Muito menos você. — Fiz uma pausa, então continuei: — Você e eu... — Tinha que consertar aquilo. Tinha que fazer com que ele me deixasse em paz para sempre. — Você e eu nunca fomos nada.

A expressão no rosto de Conrad era de desespero. Vi a luz se apagar em seus olhos. Não conseguia mais encará-lo.

Comecei a andar de novo, e dessa vez ele não me seguiu. Não olhei para trás. Não seria capaz. Se visse seu rosto de novo, talvez não conseguisse ir embora.

Enquanto caminhava, dizia a mim mesma: aguente firme, aguente firme, só mais um pouquinho. Só quando estava certa de que ele não poderia mais me ver, só quando a casa já estava de novo à vista, só então me permiti chorar. Sentei na areia e chorei por Conrad, por mim. Chorei pelo que nunca seríamos.

É fato que não se pode ter tudo na vida. No meu coração eu sabia que amava os dois, tanto quanto era possível amar duas pessoas ao mesmo tempo. Conrad e eu tínhamos uma ligação, sempre teríamos. Isso não era algo que eu pudesse desfazer. Sabia disso agora — o amor não é algo que se apaga, não importa quanto se tente.

Eu me levantei, limpei a areia do corpo e entrei em casa. Subi na cama de Jeremiah, ao lado dele. Jere estava apagado, roncando alto, do jeito que sempre fazia quando bebia demais.

— Eu te amo — disse para ele, que estava de costas.

48

No fim da manhã seguinte, Taylor e Anika foram ao centro da cidade comprar algumas coisas de última hora. Fiquei em casa para limpar os banheiros, já que nossos pais chegariam mais tarde naquele dia. Os garotos ainda estavam dormindo, o que era bom. Eu não sabia o que contaria, ou não contaria, a Jeremiah. A preocupação me devorava por dentro. Seria egoísmo ou bondade não contar nada?

Esbarrei em Conrad quando estava saindo do banho, e não consegui nem encará-lo nos olhos. Ouvi o carro dele sair logo depois. Não sabia para onde tinha ido, mas torci para que ficasse bem longe de mim. Ainda era muito recente, estava cedo demais. Eu me peguei desejando que ou ele ou eu não estivéssemos ali. Eu não poderia ir embora — afinal, era a noiva —, mas desejei que ele sumisse. Era um pensamento egoísta, e eu sabia disso. Afinal, metade daquela casa era de Conrad.

Depois que fiz as camas e arrumei o banheiro de hóspedes, desci até a cozinha para preparar um sanduíche para mim. Achei que seria seguro, que Conrad ainda estaria fora. Mas ele estava ali, comendo também.

Assim que me viu, pousou seu sanduíche. Parecia ser de rosbife.

— Posso falar com você por um instante?

— Estou saindo pra resolver algumas coisas no centro da cidade — falei, fixando o olhar em algum ponto acima do ombro dele, em qualquer lugar menos nos seus olhos. — Coisas do casamento.

Comecei a me afastar, mas ele me seguiu até a varanda.

— Escuta, sinto muito pela noite passada.

Eu não disse nada.

— Pode me fazer um favor? Esqueça tudo que eu disse, ok? — disse, com um sorrisinho irônico. Minha vontade era dar um tapa nele para apagar aquele sorriso. — Eu estava fora de mim, completamente bêbado. Estar aqui de novo acabou trazendo à tona um monte de coisas. Mas tudo isso é passado, sei disso. Sinceramente, mal consigo me lembrar do que falei, mas tenho certeza de que não foi legal. Sinto muito mesmo.

Por um momento, senti uma raiva tão grande que até falar era difícil. Até respirar. Eu parecia um peixinho de aquário, abrindo e fechando a boca, engolindo ar. Mal tinha dormido na noite anterior, remoendo cada palavra dita por Conrad. Eu me senti tão estúpida. E pensar que, por um segundo, só por um segundo, havia me sentido tentada. Havia imaginado como seria se estivesse me casando com *ele*, e não com Jeremiah. Como o odiei por isso.

— Você não estava bêbado — retruquei.

— Estava, sim, bastante.

Dessa vez ele me deu um sorriso de desculpas.

Eu o ignorei.

— Você fala aquilo tudo no fim de semana do meu casamento e agora quer que eu simplesmente "esqueça"? Você é doente. Não entende que não pode brincar com as pessoas assim?

O sorriso sumiu do rosto de Conrad.

— Espera aí. Belly...

— Não diga meu nome. — Eu me afastei dele. — Nem sequer pense no meu nome. Na verdade, é melhor não me dirigir a palavra nunca mais.

Mais uma vez Conrad deu aquele meio sorriso irônico, antes de dizer:

— Olha, isso vai ser meio difícil, considerando que você vai se casar com o meu irmão. Que loucura é essa, Belly?

Não achei que conseguiria ficar com mais raiva, mas aconteceu. Estava tão furiosa que praticamente cuspi minhas palavras seguintes:

— Quero que você vá embora. Invente uma das suas desculpas idiotas e suma. Volte pra Boston ou pra Califórnia. Não me importo. Só quero que você vá embora.

Ele semicerrou os olhos.

— Não vou embora.

— Sai — falei, e o empurrei com força. — Só sai da minha frente.

Foi aí que vi as primeiras rachaduras na armadura de Conrad. Com a voz trêmula, ele perguntou.

— O que você espera que eu diga, Belly?

— Pare de dizer meu nome! — gritei.

— O que você quer de mim? — gritou ele de volta. — Abri meu coração ontem à noite, merda! Coloquei tudo pra fora, e você me dispensou. Com toda a razão, aliás. Entendo que não deveria ter dito nada daquilo. Mas agora estou aqui, tentando encontrar um jeito de sair dessa história com ao menos um pedacinho do meu orgulho intacto, pra poder encarar você quando tudo isso terminar, e nem isso você permite. Você partiu meu coração ontem à noite, entendeu? É isso que quer ouvir?

Eu me vi sem palavras mais uma vez. Mas então as encontrei:

— Você não tem coração.

— Não, na verdade acho que a única sem coração aqui é você — retrucou Conrad.

Ele já estava se afastando quando gritei:

— O que você quis dizer com isso? — Fui atrás dele e o puxei pelo braço. — Fala: o que quis dizer com isso?

— Você sabe o que eu quis dizer. — Conrad se desvencilhou de mim. — Ainda te amo. Nunca deixei de te amar. Acho que você sabe disso. Acho que sempre soube.

Cerrei os lábios e balancei a cabeça.

— Isso não é verdade.

— Não minta.

Balancei a cabeça de novo.

— Faça como quiser. Mas não vou mais fingir pra você.

Conrad desceu a escada e entrou no carro dele.

Eu me sentei no chão da varanda. Meu coração batia disparado um trilhão de vezes por minuto. Nunca tinha me sentido tão viva. Raiva, tristeza, alegria. Ele tinha me feito sentir tudo. Ninguém mais provocava aquele efeito em mim. Ninguém.

De repente tive a sensação, a certeza absoluta, de que jamais conseguiria esquecê-lo. Era tão simples e tão difícil. Eu me agarrei a ele feito um parasita durante tantos anos que agora não conseguia me desgrudar. Realmente, a culpa era minha. Não conseguia esquecer Conrad e não conseguia dar as costas a Jeremiah.

O que me restava fazer?

Eu ia me casar no dia seguinte.

Se fizesse aquilo, se escolhesse Conrad, nunca poderia voltar atrás. Nunca mais seguraria a nuca de Jere e sentiria a penugem macia dos fios de cabelo novos. Jere nunca mais me olharia como agora. Ele me olhava como se eu fosse a sua garota. E eu era mesmo. Tinha a sensação de que sempre havia sido assim. Aquilo tudo se perderia. Acabaria. Algumas coisas são impossíveis de recuperar. Como eu diria adeus a tudo aquilo? Não conseguiria. E as nossas famílias? O que isso faria com minha mãe, com o pai dele? Aquilo destruiria todos nós. Eu não poderia fazer isso. Principalmente... principalmente com todos já tão frágeis depois da morte de Susannah. Ainda estávamos tentando descobrir como permanecer unidos sem ela, como ainda sermos aquela família do verão.

Eu não poderia desistir de tudo só por isso. Só por Conrad. Conrad, que tinha dito que me amava. Que finalmente disse aquelas palavras.

Quando Conrad Fisher dizia a uma garota que a amava, estava falando sério. A garota podia acreditar. Podia até apostar a vida.

E seria isso o que eu estaria fazendo. Estaria apostando minha vida toda naquele amor. E eu não podia fazer isso. Eu não faria isso.

49

Conrad

Eu estava no meu carro, me afastando, a adrenalina a todo vapor.

Eu finalmente tinha dito. As palavras, de verdade, bem alto, na cara dela. Foi um alívio não carregar mais aquele peso. E dizer aquelas palavras para ela também foi como um ímpeto. Eu estava em uma espécie de onda de euforia, como se estivesse drogado.

Belly me amava. Ela não precisava dizer em voz alta para que eu tivesse certeza, eu soube só pelo modo como ela me olhou naquele momento.

Mas e agora? Se Belly me amava e eu a amava, o que faríamos, com tantas pessoas entre nós? Como eu poderia ficar com ela? Eu teria coragem de simplesmente agarrá-la pela mão e fugir? Acreditava que ela iria comigo. Se eu pedisse, acho que Belly aceitaria. Mas para onde iríamos? Eles nos perdoariam? Jere, Laurel, meu pai? E se eu realmente fugisse com ela, para onde a levaria?

Além disso, das perguntas e das dúvidas, na boca do meu estômago havia um imenso nó de arrependimento. Se eu tivesse falado com Belly um ano atrás, um mês, até mesmo uma semana atrás, as coisas seriam diferentes? Era a véspera do casamento dela. Em vinte e quatro horas, Belly estaria casada com meu irmão. Por que eu tinha esperado tanto?

Dirigi a esmo por um tempo, primeiro pela cidade e então ao longo da praia, depois voltei para a casa. Não havia nenhum carro estacionado, por isso achei que a casa estaria vazia por algum tempo — mas então vi Taylor sentada na varanda.

— Cadê todo mundo? — perguntei a ela.

— Oi pra você, também. — Taylor levantou os óculos escuros. — Saíram pra velejar.

— Por que você não foi com eles?

— Eu fico enjoada em barcos. — Ela me encarou. — Preciso falar com você.

— Sobre o quê? — perguntei, cauteloso.

Taylor apontou para a cadeira ao lado da sua.

— Sente-se primeiro.

Eu me sentei.

— O que você disse pra Belly na noite passada?

Evitei os olhos de Taylor quando respondi:

— O que ela contou pra você?

— Nada. Mas sei que tem alguma coisa errada. Percebi que ela andou chorando na noite passada, e hoje de manhã apareceu com os olhos superinchados. E aposto qualquer coisa que foi por sua causa. De novo. Parabéns, Conrad.

Senti um aperto no peito.

— Isso não é da sua conta.

Ela me encarou, irritada.

— Belly é minha melhor amiga. É claro que é da minha conta. Estou avisando, Conrad. Deixe Belly em paz. Você está confundindo a cabeça dela. De novo.

Comecei a me levantar.

— Já terminou?

— Não. Pode sentar essa bunda aí de novo.

Obedeci.

— Tem alguma ideia do quanto você a magoou, quantas vezes? Você trata Belly como um brinquedo que pode pegar e largar sempre que tiver vontade. É como se você fosse um bebê. Alguém pega o que é seu, você não fica contente, então chega e destrói tudo só porque acha que pode.

Bufei com força.

— Não é isso que estou tentando fazer.

Ela mordiscou o lábio.

— Belly me disse que parte dela sempre vai te amar. Você vai me dizer que não se importa?

Belly tinha dito aquilo?

— Eu nunca disse que não me importava.

— Você provavelmente é a única pessoa capaz de impedir que ela leve esse casamento adiante. Mas é melhor que tenha cem por cento de certeza de que quer ficar com ela, porque, se não tiver, vai estar só ferrando com a vida de todo mundo à toa.

Ela voltou a colocar os óculos escuros.

— Não ferre com a vida da minha amiga, Conrad. Não seja o babaca egoísta que você costuma ser. Seja o cara legal que ela diz que você é. Deixe Belly seguir com a vida dela.

Seja o cara legal que ela diz que você é.

Pensei que poderia fazer aquilo, lutar por Belly até o fim, sem pensar em mais ninguém. Simplesmente pegá-la pela mão e fugir. Mas se eu fizesse isso, não estaria provando que Belly estava errada? Que eu não era o cara legal que ela achava que eu fosse? Seria um babaca egoísta, exatamente como Taylor dissera. Mas ao menos teria Belly ao meu lado.

50

Naquela noite, todos jantamos em um restaurante novo na cidade — meus pais, o Sr. Fisher e todos os jovens. Eu não estava com fome, mas pedi um sanduíche de lagosta e comi tudo, porque meu pai é quem estava pagando. Ele insistiu.

Meu pai, que usava a mesma camisa social listrada branca e cinza em todas as ocasiões "elegantes". Ele estava usando a tal camisa, sentado ao lado da minha mãe, que estava com seu vestido *chemise* azul-marinho. Meu coração se enchia de amor a cada vez que eu olhava para os dois.

Ali estava Taylor, fingindo estar interessada enquanto meu pai discorria sobre o sistema nervoso das lagostas. Ao lado dela estava Anika, que parecia interessada de verdade. Ao lado de Anika, meu irmão, que revirava os olhos.

Conrad estava na outra extremidade da mesa, sentado junto com os amigos de Jere. Eu me esforcei ao máximo para não olhar na direção dele, para me concentrar somente no meu prato e em Jeremiah, ao meu lado.

Não precisava ter me esforçado tanto, porque Conrad também não olhava para mim. Ele estava conversando com os outros caras, com Steven e com minha mãe. Com todo mundo, menos comigo. *É isso o que você quer*, lembrei a mim mesma. *Você disse para ele deixá-la em paz. Você pediu. Não pode ter as duas coisas.*

— Você está bem? — sussurrou Jeremiah.

Levantei a cabeça e sorri para ele.

— Sim! É claro. Só estou empanturrada.

Jeremiah pegou uma das minhas batatas fritas e disse:

— Guarde lugar pra sobremesa.

Assenti. Então, ele se inclinou e me beijou, e retribuí o beijo. Depois, vi Jeremiah olhar de relance para a outra ponta da mesa, em um movimento tão rápido que talvez eu tivesse imaginado coisas.

51

Conrad

TIVE A SENSAÇÃO DE QUE ENLOUQUECERIA NAQUELA NOITE. SENTADO à mesa com todo mundo, comemorando quando meu pai fez um brinde, tentando não olhar quando Jere a beijou na frente de todos.

Depois que o jantar terminou, Jere, Belly e os amigos deles foram tomar sorvete no calçadão. Meu pai e o pai de Belly voltaram para o hotel onde estavam hospedados. Sobramos só eu e Lau na casa. Eu já estava subindo para o meu quarto, mas Laurel me deteve e pediu:

— Ei, vamos tomar uma cerveja, Con. Acho que merecemos, não concorda?

Sentamos diante da mesa da cozinha com nossas cervejas. Ela bateu com a garrafa dela na minha e falou:

— A que vamos brindar?

— A que mais? Ao casal.

Sem olhar para mim, Laurel perguntou:

— Como você está?

— Bem. Ótimo.

— Vamos lá. É comigo que você está falando. Pode me contar. Como está se sentindo?

— Sinceramente? — Dei um gole na cerveja. — Basicamente isso tudo está me matando.

Ela me olhou com uma expressão carinhosa.

— Lamento. Sei que você a ama demais, querido. Deve estar sendo muito difícil pra você.

Senti um nó começando a se formar na minha garganta. Tentei pigarrear, mas não deu certo. Sentia o choro subindo pelo peito, as lágrimas se acumulando nos olhos. Eu ia chorar na frente dela. Foi o modo como Lau falou. Foi como se minha mãe estivesse bem ali na minha frente, sabendo o que eu estava sentindo sem que eu tivesse que dizer nada.

Laurel segurou minha mão entre as dela. Tentei me afastar, mas ela não deixou.

— Vamos sobreviver a esse casamento amanhã, eu prometo. Seremos você e eu, querido. — Ela apertou minha mão e disse: — Deus, como sinto saudades da sua mãe.

— Eu também.

— A gente precisava muito dela agora, não é?

Abaixei a cabeça e comecei a chorar.

52

Eu queria dormir no quarto de Jeremiah naquela noite, mas quando fiz menção de segui-lo escada acima, Taylor balançou o dedo para mim.

— Na-na-ni-na-não. Dá azar.

Então, fui para o meu quarto, e ele para o dele.

Estava calor demais. Não conseguia dormir. Afastei as cobertas e virei o travesseiro para ver se melhorava, mas não adiantou. Não tirava o olho do despertador. Uma da manhã, duas.

Quando não consegui mais aguentar, joguei longe o lençol e coloquei o biquíni. Não acendi nenhuma luz e desci a escada no escuro. A luz do luar foi o bastante para me guiar. Todo mundo estava dormindo.

Saí de casa e desci até a piscina. Mergulhei e prendi a respiração embaixo d'água pelo máximo de tempo que consegui. Já sentia meus ossos começarem a relaxar. Quando voltei à superfície para respirar, boiei, olhando para o céu estrelado. Amava como era tranquilo e calmo ali. O único som que eu ouvia era o do mar batendo na areia.

No dia seguinte eu me tornaria Isabel Fisher. Era o que eu sempre desejara, meu sonho de menina tornado realidade, só que mil vezes melhor. E eu estragara tudo. Ou melhor, estava prestes a estragar tudo. Tinha que contar a verdade. Não poderia me casar no dia seguinte daquele jeito, com um segredo daquele tamanho entre nós.

Saí da piscina, me enrolei na toalha, entrei na casa e subi até o quarto de Jeremiah. Ele estava dormindo, mas eu o sacudi até que acordasse.

— Preciso falar com você — falei.

A água pingava dos meus cabelos no travesseiro e no rosto dele. Ainda grogue de sono, Jere perguntou:

— Não dá azar?

— Eu não me importo.

Jeremiah se sentou e secou o rosto.

— O que houve?

— Vamos conversar lá fora — pedi.

Descemos até a varanda e nos sentamos em uma espreguiçadeira. Falei logo, baixinho, sem enrolar:

— Na noite passada, Conrad me disse que ainda gosta de mim.

Senti o corpo de Jeremiah ficar rígido ao meu lado. Esperei que ele dissesse alguma coisa, mas como isso não aconteceu, continuei:

— É claro que eu respondi que não me sentia da mesma maneira. Queria contar a você antes, mas aí achei que seria um erro, que deveria guardar pra mim...

— Vou matar o Conrad — disse Jere, e fiquei chocada ao ouvir aquelas palavras saindo de sua boca.

Ele se levantou. Tentei puxá-lo de volta para perto de mim, mas ele resistiu.

— Jere, não — implorei. — Não. Por favor, sente aqui e converse comigo.

— Por que está protegendo o Con?

— Não... não estou. Não estou.

Ele olhou para mim.

— Vai se casar comigo pra esquecer meu irmão?

— Não — respondi, e a palavra saiu mais como um arquejo. — Não.

— Acontece, Bells, que eu não acredito em você — retrucou Jeremiah, a voz estranhamente apática. — Vejo o jeito que você olha pra ele. Acho que você nunca me olhou assim. Nem uma vez.

Eu me levantei em um pulo e segurei as mãos dele, desesperada, mas Jere se afastou. Eu estava ofegante quando voltei a falar.

— Isso não é verdade, Jere. Não mesmo. O que sinto por Conrad são só lembranças. É isso. Não tem nada a ver com nós dois. Tudo aquilo ficou no passado. Não podemos simplesmente esquecer o que já passou e construir nosso próprio futuro? Só nós dois?

Ele disse, com frieza:

— É passado? Sei que você o encontrou no Natal. Sei que vocês estiveram juntos aqui.

Abri a boca, mas as palavras não saíram.

— Diga alguma coisa. Vá em frente, tente negar.

— Não aconteceu nada, Jere. Juro. Eu nem sabia que ele estaria aqui. Só não falei nada porque... — Por quê? Por que eu não contei a Jere? Por que não conseguia pensar em uma razão para não ter contado? — Não queria que você ficasse chateado por nada.

— Se não tivesse sido nada, você teria me contado. Mas preferiu esconder. Depois de tudo que me disse sobre confiança, você guardou esse segredo. Eu me senti uma merda pelo que fiz com Lacie, e você e eu nem estávamos juntos quando aconteceu.

Eu me senti nauseada.

— Há quanto tempo você sabe?

— Isso importa? — perguntou ele, irritado.

— Sim, pra mim importa.

Jeremiah começou a se afastar de mim.

— Sei desde que aconteceu. Conrad mencionou que vocês tinham se encontrado, achando que eu já sabia. Por isso, é claro que tive que fingir que já sabia mesmo. Tem ideia de como me senti idiota?

— Posso imaginar — sussurrei. — Por que não me falou nada?

Estávamos a menos de dois metros um do outro, mas pareciam quilômetros. Era por causa dos olhos dele. Pareciam tão distantes.

— Fiquei esperando que você me contasse. Mas você não me contou.

— Desculpa. Sinto muito, muito mesmo. Eu deveria ter contado. Foi um erro. — Que estupidez. Meu coração estava disparado. — Amo você. Vamos nos casar amanhã. Nós dois, certo?

Quando ele não respondeu, perguntei de novo.

— Não?

— Tenho que sair daqui — disse Jere, por fim. — Preciso pensar.

— Posso ir junto?

Daquela vez, a resposta veio rápido e foi devastadora:
— Não.

Ele saiu, e não tentei segui-lo. Simplesmente me deixei cair nos degraus. Não conseguia sentir as pernas. Não conseguia sentir o corpo. Aquilo estava mesmo acontecendo? De verdade? Não parecia real.

53

Em algum lugar lá fora, um pintassilgo cantava. Ou talvez fosse um pardal. Meu pai tinha tentado me ensinar os sons de vários passarinhos, mas eu não conseguia me lembrar direito.

O céu estava cinza. Ainda não estava chovendo, mas, a qualquer minuto, cairia um temporal. Era como qualquer outra manhã em Cousins Beach. Só que não era uma manhã qualquer, porque eu ia me casar.

Tinha quase certeza de que ia me casar. A única questão era: eu não tinha ideia de onde Jeremiah estava, ou sequer se ele voltaria de lá.

Eu estava sentada diante da penteadeira, com meu roupão cor-de-rosa, lutando para cachear os cabelos. Taylor estava no salão de beleza — tinha tentado me persuadir a me arrumar lá também, mas recusei. A única vez em que eu fizera um penteado no salão, odiei o resultado. Parecia uma participante de um concurso de beleza, com um penteado exagerado e cheio de laquê. Aquilo não tinha nada a ver comigo. Achei que, no dia do meu casamento, eu deveria parecer comigo mesma.

Ouvi uma batida à porta.

— Pode entrar — falei, enquanto tentava ajeitar um cacho que já se desfazia.

A porta se abriu. Era minha mãe. Já estava arrumada. Usava um paletó e calça de linho, e segurava um envelope verde-limão. Reconheci na mesma hora: era da coleção de papéis de carta da Susannah. Era tão a cara dela. Eu queria ser digna dele. Doía pensar que a decepcionaria daquele jeito. O que ela diria se soubesse?

Minha mãe entrou e fechou a porta.

— Quer ajuda? — perguntou.

Entreguei o babyliss a ela, que deixou a carta em cima da penteadeira. Minha mãe ficou parada atrás de mim, separando meus cabelos em mechas.

— Foi a Taylor que fez sua maquiagem? Está bonita.

— Sim, foi ela mesma. Obrigada. Você também está muito bonita.

— Não estou pronta pra isso — disse ela.

Olhei para seu reflexo no espelho. Minha mãe estava enrolando meus cabelos no babyliss, a cabeça baixa. Eu a achei tão linda naquele momento.

Ela pousou as mãos nos meus ombros e encontrou meu olhar no espelho.

— Não era isso que eu queria pra você. Mas estou aqui. Hoje é o dia do seu casamento. E você é minha única filha.

Segurei sua mão, e ela apertou a minha com força. Tanta força que doeu. Queria contar tudo a ela, confessar que as coisas estavam confusas, que eu nem sabia onde Jeremiah estava, ou se eu iria mesmo me casar. Mas minha mãe tinha demorado tanto para chegar até esse momento que, se eu levantasse uma única dúvida, seria mais que o bastante para que recuasse de novo. Ela me jogaria no ombro e me carregaria para longe de toda aquela história de casamento.

Por isso, só disse:

— Obrigada, mãe.

— De nada — disse ela, desviando os olhos para a janela. — Acha que o tempo vai firmar?

— Não sei. Espero que sim.

— Bem, na pior das hipóteses, passamos o casamento pra dentro de casa. Não vai dar trabalho. — Então, ela me entregou a carta. — Susannah queria que você recebesse isso no dia do seu casamento.

Minha mãe beijou o topo da minha cabeça e saiu do quarto.

Peguei a carta e passei os dedos pelo meu nome, escrito na letra bonita da Susannah. Coloquei a carta novamente na penteadeira. Ainda não.

Outra batida à porta.

— Quem é? — perguntei.

— Steven.

— Pode entrar.

Meu irmão estava vestindo a camisa de linho branco e a bermuda cáqui escolhidas para os padrinhos.

— Oi — disse ele, e se sentou na minha cama. — Seu cabelo está bonito.

— Ele voltou?

Steven hesitou.

— Desembucha.

— Não. Ele não voltou. Conrad saiu pra procurá-lo. Ele acha que sabe pra onde Jere foi.

Soltei o ar. Estava aliviada, mas ao mesmo tempo... O que Jeremiah faria quando visse Conrad? E se aquilo só piorasse tudo?

— Ele vai ligar assim que encontrar o Jere.

Assenti e peguei o babyliss de novo. Meus dedos tremiam, e tive que firmar a mão para acabar não queimando o rosto.

— Você contou alguma coisa pra mamãe? — perguntou Steven.

— Não. Não contei a ninguém. Até agora não há nada pra ser contado. — Enrolei uma mecha de cabelo ao redor do babyliss. — Ele vai voltar, sei que vai.

Eu quase acreditei naquilo.

— Sim. Sim, tenho certeza de que você está certa. Quer que eu fique aqui com você?

Balancei a cabeça.

— Preciso acabar de me arrumar.

— Tem certeza?

— Tenho. Só me avise assim que tiver alguma notícia.

Steven se levantou.

— Aviso. — Então, ele se adiantou e deu uma palmadinha constrangida no meu ombro. — Vai dar tudo certo, Belly.

— É, eu sei que vai. Não se preocupe comigo, Stevie. Só encontre o Jere.

Assim que meu irmão saiu do quarto, voltei a pousar o babyliss. Minha mão tremia. Eu provavelmente acabaria me queimando se não esperasse um pouco. E, de qualquer modo, meu cabelo já estava cacheado o bastante.

Ele ia voltar. Ele ia voltar. Eu sabia que ia.

Então, como não havia mais nada a fazer, coloquei o vestido de noiva.

Eu estava sentada na janela, vendo meu pai pendurar piscas-piscas na varanda dos fundos, quando Taylor entrou no quarto, agitada.

Os cabelos dela estavam presos, parecendo bem repuxados na testa. Ela segurava um saco de papel pardo e um café gelado.

— Muito bem, trouxe seu almoço. Anika está ajudando sua mãe a arrumar as mesas, e esse tempo não está ajudando em nada meu cabelo — anunciou Taylor em uma tacada só. — E, não sei como dizer isso, mas tenho quase certeza de que senti uma gota de chuva quando estava entrando em casa. — Então, ela perguntou: — Por que você já está vestida? Ainda falta muito pro casamento. Tira o vestido. Vai acabar todo amassado.

Não respondi nada, e Taylor perguntou:

— Qual é o problema?

— Jeremiah não está aqui.

— É claro que ele não está aqui, boba. Dá azar ver a noiva antes da cerimônia.

— Ele não está em casa. Saiu na noite passada e não voltou. — Minha voz estava surpreendentemente calma. — Contei tudo a ele.

Ela arregalou os olhos.

— Como assim "contou tudo"?

— Outro dia, Conrad me disse que ainda gostava de mim. E, na noite passada, contei tudo pro Jeremiah.

Soltei o ar, mas saiu mais como um arquejo. Aqueles últimos dias tinham parecido semanas. Eu nem sabia mais quando ou como tudo acontecera. Como as coisas haviam ficado tão confusas. Estava tudo bagunçado na minha cabeça e no meu coração.

— Ai, meu Deus — disse Taylor, cobrindo a boca com as mãos. Ela afundou na cama. — O que vamos fazer?

— Conrad saiu pra procurar por ele.

Eu estava olhando pela janela de novo. Meu pai tinha terminado de prender as lâmpadas na varanda e passara para os arbustos. Saí da janela e comecei a abrir o zíper do vestido.

Taylor perguntou, espantada:

— O que você está fazendo?

— Você disse que ia amassar, lembra?

Saí de dentro do vestido, que deslizou para o chão em uma poça de seda branca. Peguei-o e pendurei em um cabide.

Taylor colocou o roupão em mim, depois me virou e amarrou a faixa, como se eu fosse uma criança.

— Vai ficar tudo bem, Belly.

Alguém bateu à porta, e nós duas nos viramos, sobressaltadas.

— É Steven — disse meu irmão, entrando no quarto e fechando a porta. — Conrad trouxe o Jere de volta.

Afundei no chão e deixei escapar um longo suspiro.

— Ele voltou — repeti.

— Está tomando banho — contou Steven. — Então vai se vestir e se preparar para ir. Para ir se casar, quero dizer. Não para ir embora de novo.

Taylor se ajoelhou ao meu lado. De joelhos, ela pegou minha mão e entrelaçou nossos dedos.

— Sua mão está fria — disse, e a esfregou um pouco. — Ainda quer fazer isso? Não precisa, se não quiser.

Fechei os olhos com força. Eu tinha ficado muito apavorada com a possibilidade de Jere não voltar. Agora que ele estava ali, todo o medo e o pânico estavam vindo à tona.

Steven se sentou perto de mim e de Taylor no chão. Ele passou os braços ao meu redor e falou:

— Belly. Entenda como você quiser, sabe? Tenho seis palavras para você. Está preparada?

Abri os olhos e assenti.

— Ou você cresce, ou você desiste — disse Steven, em um tom muito solene.

— Mas que merda você quer dizer com isso, Steven? — perguntou Taylor, irritada.

Uma gargalhada escapou do fundo do meu peito.

— Ou você cresce, ou você desiste? Ou cresce, ou desiste.

Eu estava rindo tanto que lágrimas escorriam pelo meu rosto.

Taylor se levantou de um pulo.

— Sua maquiagem!

Ela pegou a caixa de lenços de papel na penteadeira e secou meu rosto com cuidado. Eu ainda estava rindo.

— Chega dessa palhaçada, Conklin — disse Taylor, lançando um olhar preocupado para meu irmão.

A flor que enfeitava os cabelos dela estava torta. Taylor tinha razão: a umidade não estava colaborando com seu penteado.

— Ah, ela está bem. Só está tendo um ataque de riso. Certo, Belly?

— Ou cresce, ou desiste — repeti, rindo.

— Acho que ela está histérica ou alguma coisa assim. Devo dar um tapa nela? — perguntou Taylor ao meu irmão.

— Não, eu faço isso — disse Steven, chegando perto de mim.

Parei de rir. Não estava histérica. Ou talvez só um pouquinho.

— Estou bem, gente! Ninguém vai me bater. Calma. — Eu me levantei. — Que horas são?

Steven pegou o celular no bolso.

— São duas horas. Ainda temos mais algumas horas até as pessoas começarem a chegar.

Respirei fundo e falei:

— Muito bem. Steven, pode dizer à mamãe que acho melhor arrumar tudo dentro de casa? Se afastarmos os sofás, deve dar pra encaixar umas duas mesas na sala de estar.

— Vou mandar os caras ajudarem — disse ele.

— Obrigada, Stevie. E, Tay, você pode...

— Ficar e ajeitar sua maquiagem? — perguntou ela, esperançosa.
— Não. Eu ia pedir pra você sair também. Preciso pensar.
Os dois se entreolharam, saíram do quarto e fecharam a porta.
Assim que eu o visse, tudo faria sentido de novo. Tinha que fazer.

54

Conrad

Acordei naquela manhã com Steven sacudindo minha cama.

— Você viu o Jere? — perguntou ele.

— Eu estava dormindo até três segundos atrás — resmunguei, ainda de olhos fechados. — Como eu poderia ter visto ele?

Steven parou de me sacudir e se sentou na beirada da cama.

— Ele sumiu, cara. Não consigo encontrá-lo em lugar nenhum, e ele deixou o celular aqui. Mas que merda aconteceu ontem à noite, hein?

Eu me sentei na cama. Belly provavelmente contara tudo a ele. Merda.

— Não sei — respondi, esfregando os olhos.

— O que vamos fazer?

Saí da cama e disse:

— Vá se arrumar. Vou procurar por ele. Não diga nada pra Belly.

Ele pareceu aliviado quando falou:

— Parece uma boa ideia. Mas não é melhor a Belly saber? Não temos tanto tempo assim antes do casamento. Não quero que ela se arrume toda se ele não vai aparecer.

— Se eu não voltar em uma hora, você pode contar a ela, então.

Tirei a camiseta que usava e vesti a camisa de linho branco que Jere nos fizera comprar.

— Aonde você vai? — perguntou Steven. — Talvez seja melhor eu ir junto.

— Não. Fique aqui e tome conta dela. Vou encontrar o Jere.

— Então você sabe onde ele está?

— Sim, acho que sim.

Eu não fazia ideia de onde estava o desgraçado. Só sabia que precisava consertar aquilo.

Quando já estava saindo, Laurel me parou para perguntar:

— Você viu o Jere? Preciso entregar uma coisa a ele.

— Ele saiu pra resolver umas questões do casamento — menti. — Estou indo encontrá-lo. Pode deixar que eu entrego.

Ela me entregou um envelope e eu reconheci o papel na mesma hora. Era da coleção de papelaria da minha mãe. O nome de Jere estava escrito na frente com a letra dela. Sorrindo, Laurel disse:

— Sabe, acho que talvez seja mais legal assim, você entregando a carta. Beck gostaria disso, não acha?

Assenti.

— Sim, acho que ela gostaria.

Não havia qualquer possibilidade de eu voltar para aquela casa sem Jere.

Assim que saí de casa, corri até meu carro e disparei para a rua.

Fui até o calçadão primeiro. Depois, à pista de skate onde costumávamos ir quando éramos menores, depois à academia, então a uma lanchonete onde sempre parávamos a caminho do centro da cidade. Jere sempre gostou do milk-shake de morango de lá. Mas ele não estava em nenhum desses lugares. Dei a volta no estacionamento do shopping. Nenhum sinal do Jere ou do carro dele. Eu não conseguia encontrá-lo em lugar algum, e a hora que eu pedira a Steven estava quase acabando. Eu tinha fracassado. Steven ia contar a Belly, e de novo eu estragaria a vida dela, agora em proporções épicas. E se Jere tivesse ido embora de Cousins? Até onde eu sabia, ele já poderia até ter voltado para Boston.

Seria incrível se eu tivesse tido alguma súbita epifania, uma intuição de onde ele estava, já que éramos irmãos. Mas tudo que consegui fazer foi repassar mentalmente a lista de todos os lugares aonde já havíamos ido. Para onde Jeremiah iria se estivesse mal? Ele procuraria minha mãe. Mas o túmulo dela não ficava ali, e sim em Boston.

Em Cousins, minha mãe estava por toda parte. Então, me ocorreu: o jardim. Talvez Jere tivesse ido para o jardim, no abrigo. Valia a tentativa. Liguei para Steven no caminho para lá.

— Acho que sei onde ele está. Mas não conte nada pra Belly por enquanto.

— Está certo. Mas, se você não der notícias em meia hora, vou contar a ela. De qualquer maneira, vou dar um esporro no Jere por causa disso.

Parei o carro no estacionamento do abrigo. Logo vi o carro dele. Senti uma mistura de alívio e medo. Que direito eu tinha de dizer alguma coisa a Jere? Eu era o responsável por aquela confusão.

Ele estava sentado em um banco perto do jardim, a cabeça apoiada nas mãos. Ainda usava as roupas da noite anterior. Levantou a cabeça quando me ouviu chegando.

— Estou avisando, cara. Não chegue perto de mim.

Continuei andando. Quando estava bem na frente dele, falei:

— Volte pra casa comigo.

Ele me encarou com raiva.

— Vai à merda.

— Você tem que se casar em algumas horas. Não temos tempo pra isso agora. Me bate logo. Vai fazer você se sentir melhor.

Tentei pegar o braço dele, mas Jere me afastou.

— Não, vai fazer *você* se sentir melhor. Você não merece se sentir melhor. Mas depois da palhaçada toda que fez, eu deveria mesmo te cobrir de porrada.

— Então faça isso — sugeri. — E depois vamos embora. Belly está esperando por você. Não a faça esperar no dia do casamento dela.

— Cala a boca! — gritou ele, vindo na minha direção. — Você não tem o direito de falar comigo sobre ela.

— Vamos lá, cara. Por favor. Estou implorando.

— Por quê? Por que ainda a ama, certo? — Ele não esperou que eu respondesse. — O que eu quero saber é: se você ainda gosta da Belly, por que me deu carta branca? Eu agi certo. Não fiz nada pelas suas costas. Perguntei a você, na lata. E você me disse que não sentia mais nada por ela.

— Você não estava exatamente pedindo minha permissão quando beijou a Belly no seu carro. Ainda assim eu falei pra você ir em frente, porque confiava que você cuidaria dela, que a trataria bem. Daí você vai e trai a Belly durante o recesso de primavera em Cabo. Então talvez *eu* devesse estar perguntando se você a ama ou não.

Assim que a última palavra saiu da minha boca, o punho de Jere já acertava meu rosto, com força. Foi como ser atingido por uma onda de três metros de altura... Eu só conseguia ouvir o zumbido nos meus ouvidos. Cambaleei para trás.

— Ótimo — disse, em um arquejo. — Agora podemos ir embora?

Ele me deu outro soco. Dessa vez, caí no chão.

— Cala a boca! — gritou Jere. — Não venha me questionar quem ama mais a Belly. Eu sempre a amei. Você não. Você tratava a Belly que nem lixo. Você largou ela um monte de vezes, cara. É um covarde. Nem agora você consegue admitir isso na minha cara.

Cuspi sangue e falei, arquejando:

— Muito bem. Eu amo a Belly. Admito. Às vezes... Às vezes acho que ela é a única garota com quem eu poderia ficar. Mas, Jere, ela escolheu você. É com você que a Belly quer se casar, não comigo. — Tirei o envelope do bolso, levantei cambaleando e empurrei-o contra o peito de Jere. — Leia isso. É pra você, da mamãe. Pro dia do seu casamento.

Ele engoliu em seco e rasgou o envelope para abri-lo. Observei enquanto Jere lia, na expectativa, sabendo que nossa mãe teria as palavras certas. Ela sempre soube o que dizer para Jeremiah.

Ele começou a chorar enquanto lia, e desviei os olhos.

— Vou voltar — disse ele, por fim. — Mas não com você. Você não é mais meu irmão. Você morreu pra mim. Não quero você no meu casamento. Não quero você na minha vida. Quero que você desapareça.

— Jere...

— Espero que você tenha dito tudo que precisava dizer a ela. Porque depois de hoje, nunca mais vai vê-la de novo. Nem a mim. Acabou. Você e ela, acabou. — Ele me entregou a carta. — É pra você, não pra mim.

Então ele foi embora.

Eu me sentei no banco e abri a carta. Começava com: "Querido Conrad..."

Então eu também comecei a chorar.

55

Do lado de fora da janela, lá embaixo, na praia, vi um grupo de crianças brincando na areia com baldes e pazinhas de plástico, procurando tatuís.

Jere e eu sempre fazíamos isso. Em uma das vezes — acho que eu tinha oito anos, então Jere devia ter uns nove —, passamos a tarde toda procurando tatuís, e mesmo quando Conrad e Steve vieram procurar por ele, Jere não foi embora. Eles disseram:

— Vamos de bicicleta até o centro da cidade pra alugar um jogo de videogame. Se você não vier com a gente, não vai poder jogar à noite.

— Pode ir, se quiser — falei, já chateada porque sabia que ele escolheria ir.

Quem escolheria ficar procurando tatuís na areia quando podia ir escolher um jogo novo?

— Não ligo — disse ele, depois de hesitar por alguns segundos.

E ficou.

Eu me senti culpada, mas também triunfante, porque Jeremiah tinha me escolhido. Eu era preciosa o bastante para ter sido escolhida no lugar de outra pessoa.

Nós brincamos na praia até escurecer. Recolhemos nossos tatuís em um copo de plástico, e então os soltamos. Ficamos vendo eles se contorcerem de volta para dentro da areia. Todos pareciam saber exatamente para onde estavam indo. Tinham um destino claro em mente. Suas casinhas.

Conrad e Steven passaram a noite com o jogo novo. Jeremiah ficou só olhando. Ele não pediu para jogar, mas eu percebi quanto queria.

Na minha lembrança, ele sempre seria perfeito.

★ ★ ★

Alguém bateu à porta.

— Taylor, preciso de um minuto sozinha — falei, me virando para a porta.

Não era Taylor. Era Conrad. Ele parecia arrasado, exausto. A camisa de linho branco estava toda amassada, a bermuda também. Quando olhei com mais atenção, vi que os olhos dele estavam vermelhos, e também reparei no hematoma que começava a se formar no seu rosto.

Corri até ele.

— O que aconteceu? Vocês dois brigaram?

Ele balançou a cabeça.

— Você não deveria estar aqui — falei, recuando. — Jeremiah vai aparecer a qualquer minuto.

— Eu sei, só preciso dizer uma coisa.

Voltei para a janela e dei as costas a ele.

— Você já disse tudo que tinha pra dizer. Vá embora.

Eu o vi girar a maçaneta e fechar a porta de novo. Achei que tivesse ido embora, até que o ouvi dizer:

— Lembra do infinito?

Eu me virei lentamente.

— O que é que tem?

Ele jogou alguma coisa na minha direção e falou:

— Pegue.

Estendi a mão e peguei no ar o que ele havia jogado. Era um colar de prata. Eu o levantei e examinei. O colar do infinito. Não brilhava como antes, parecia um pouco enferrujado. Mas eu o reconheci. É claro que reconheci.

— O que é isso? — perguntei.

— Você sabe o que é — disse Conrad.

Dei de ombros.

— Não sei, me desculpe.

Percebi que ele ficou magoado e bravo.

— Muito bem. Você não se lembra. Vou refrescar sua memória, então. Comprei esse colar pra te dar de aniversário.

Meu aniversário.

Tinha que ter sido para meu aniversário de dezesseis anos. Foi o único ano em que Conrad se esqueceu de me comprar um presente de aniversário — o último verão em que passamos todos juntos, quando Susannah ainda estava viva. No ano seguinte, quando Conrad foi embora, e Jeremiah e eu fomos procurar por ele, encontrei o colar na escrivaninha de Conrad. Peguei o colar, porque sabia que era meu. Ele pegou de volta depois. Eu não sabia quando Conrad tinha comprado, ou por quê, só sabia que era meu. Ouvi-lo dizer isso agora, que o colar era mesmo meu presente de aniversário, me tocou no único lugar em que eu não queria que ele me tocasse. No meu coração.

Peguei a mão dele e coloquei o colar na palma aberta.

— Sinto muito.

Conrad estendeu o colar para mim de novo.

— É seu, sempre foi — disse ele, sereno. — Estava com medo demais pra te dar isso na época. Considere um presente adiantado para seu próximo aniversário. Ou atrasado. Pode fazer o que quiser com ele. Eu só... não posso mais ficar guardando isso.

Assenti e peguei o colar de volta.

— Sinto muito por ter estragado tudo. Magoei você de novo, e sinto muito por isso. Muito. Não quero mais magoar ninguém. Então... não vou ficar pro casamento. Vou embora agora. Não vou ver você de novo, não por algum tempo. Acho que é melhor assim. Estar perto de você desse jeito dói. E Jere... — Conrad pigarreou e deu um passo atrás, aumentando a distância entre nós dois. — É ele quem precisa de você.

Mordisquei o lábio para não chorar.

Ele voltou a falar, com a voz rouca:

— Eu quero que você saiba que, não importa o que aconteça, valeu a pena pra mim. Estar com você, amar você. Tudo valeu a pena.

— E continuou: — Desejo o melhor a vocês dois. Cuidem bem um do outro.

Tive que lutar contra todos os meus instintos para não estender a mão para ele, para não tocar no hematoma que escurecia no lado esquerdo de seu rosto. Conrad não iria querer que eu fizesse isso. Eu o conhecia bem o bastante para saber disso.

Ele se adiantou e me deu um beijo na testa. Antes que Conrad se afastasse, fechei os olhos e tentei com todas as minhas forças memorizar aquele momento. Queria me lembrar de Conrad exatamente como ele estava ali, de como os braços dele pareciam bronzeados em contraste com a camisa branca, de como seus cabelos estavam um pouco curtos demais na frente. Queria me lembrar até do hematoma no rosto dele, que só existia por minha causa.

Então ele se foi.

Só por um instante, a ideia de que talvez nunca mais o visse... me pareceu pior que a morte. Tive vontade de correr atrás dele. De dizer qualquer coisa, tudo. *Não vá embora. Por favor, nunca vá embora. Por favor, fique sempre perto de mim, para que eu ao menos possa vê-lo.*

Porque aquilo parecia definitivo. Eu sempre tinha acreditado que nós dois acabaríamos encontrando nosso caminho de volta um para o outro. Que, não importava o que acontecesse, estaríamos sempre ligados — pela nossa história, pela nossa casa. Mas daquela vez, naquela última vez, parecia definitivo. Como se eu nunca mais fosse ver Conrad de novo, ou como se, quando voltasse a vê-lo, tudo estaria diferente, como se houvesse uma montanha entre nós.

Soube disso no fundo do meu coração. Que aquela era a última vez. Que eu finalmente havia feito minha escolha, e ele também. Conrad me deixou ir. Eu estava aliviada, o que já esperava sentir. O que não esperava era que fosse doer tanto.

Bye bye, Birdie.

56

Era Dia dos Namorados. Eu tinha dezesseis anos, e ele, dezoito. A data havia caído em uma quinta-feira naquele ano, e Conrad tinha aula até às sete às quintas, por isso eu sabia que não sairíamos juntos nem nada. Havíamos conversado sobre fazer alguma coisa no sábado, talvez assistir a um filme, mas nenhum dos dois mencionou o Dia dos Namorados. Ele simplesmente não era o tipo de cara que dava flores e bombons em forma de coração. Sem problema. Eu também nunca tinha sido o tipo de garota que esperava receber isso — não como Taylor, por exemplo.

Na escola, o clube de teatro distribuiu rosas durante o quarto tempo. As pessoas haviam comprado as flores desde o início da semana na hora do almoço e poderiam mandá-las para quem quisessem. No primeiro ano, nenhuma de nós tinha namorado, e Taylor e eu trocamos rosas em segredo. Naquele ano, o namorado dela, Davis, lhe mandara uma dúzia de rosas cor-de-rosa e também lhe dera de presente uma tiara vermelha que ela queria comprar havia séculos. Taylor usou a tiara o dia todo.

Eu estava no meu quarto naquela noite, fazendo o dever de casa, quando recebi uma mensagem de texto de Conrad que dizia: olhe pela janela. Fui olhar, achando que talvez houvesse uma chuva de meteoros naquela noite. Ele sabia tudo sobre esse tipo de coisa.

Mas o que vi foi Conrad, acenando para mim, sentado em uma manta xadrez no jardim da minha casa. Tapei a boca com as mãos e dei um gritinho. Não conseguia acreditar. Calcei os tênis, vesti meu casaco acolchoado por cima do pijama de flanela e desci a escada tão rápido que quase tropecei. Saí de casa em disparada e me joguei em seus braços.

— Não acredito que você está aqui!

Eu não conseguia parar de abraçá-lo.

— Vim logo depois da aula. Está surpresa?

— Muito surpresa. Achei que você nem soubesse que era Dia dos Namorados.

— Vem — disse, rindo, e me guiou pelos ombros até a manta.

Havia uma garrafa térmica e uma caixa de bolinhos recheados nos esperando.

— Deite-se — pediu Conrad, esticando as pernas em cima da manta. — É noite de lua cheia.

Eu me deitei ao lado dele e fiquei observando o céu muito negro e a lua branca cintilante. Estremeci. Não porque estava com frio, mas porque estava feliz.

Ele me cobriu com a ponta da manta.

— Está com muito frio? — perguntou, parecendo preocupado.

Balancei a cabeça.

Conrad abriu a garrafa térmica e serviu o conteúdo na tampa. Então, passou para mim e disse:

— Não está mais tão quente, mas talvez ainda ajude.

Eu me apoiei nos cotovelos e tomei um gole. Era chocolate. Morno.

— Está frio? — insistiu ele.

— Não, está bom.

Então, nos deitamos de costas de novo e ficamos olhando juntos para o céu. Eram tantas estrelas... Estava um frio congelante, mas não me importei. Conrad pegou minha mão e usou-a para apontar as constelações e ligar os pontos. Ele me contou as histórias por trás do cinturão de Órion e de Cassiopeia. Não tive coragem de confessar que eu já conhecia aquelas histórias — meu pai tinha me ensinado tudo sobre as constelações quando eu era pequena. Amava ouvir Conrad falar. Ele tinha o mesmo deslumbramento na voz, a mesma reverência de quando falava sobre ciência e natureza.

— Quer entrar? — perguntou Conrad, algum tempo depois, aquecendo minha mão na dele.

— Não vou entrar até ver uma estrela cadente — respondi.
— Talvez a gente não veja nenhuma.
Eu me aconcheguei mais perto dele, feliz.
— Tudo bem se não virmos. Só quero tentar.
— Você sabia que os astrônomos chamam as estrelas cadentes de poeira interplanetária? — perguntou, sorrindo.
— Poeira interplanetária — repeti, gostando da sensação das palavras na boca. — Parece o nome de uma banda.
Conrad soprou ar quente na minha mão e enfiou-a no bolso do casaco dele.
— Parece mesmo.
— Essa noite... O céu desse jeito é... — Procurei a palavra certa para descrever como aquela noite me fazia sentir, como era lindo. — Estar deitada aqui, olhando as estrelas desse jeito, me dá a sensação de estar deitada em um *planeta*. É tão enorme. Tão infinito.
— Eu sabia que você ia entender — disse Conrad.
Sorri. O rosto dele estava perto do meu, e eu podia sentir o calor do seu corpo. Se eu virasse a cabeça, nos beijaríamos. Mas não fiz isso. Estar tão perto dele já era o bastante.
— Às vezes acho que nunca vou confiar em outra garota como confio em você — disse Conrad.
Olhei para ele, surpresa. Ele não estava olhando para mim; ainda fitava o céu, concentrado.
Não chegamos a ver nenhuma estrela cadente, mas não me importei nem um pouco. Antes de nos despedirmos, falei:
— Esse foi um dos momentos mais incríveis da minha vida.
— Da minha também — disse Conrad.

Na época, não sabíamos o que nos aguardava no futuro. Éramos apenas dois adolescentes, olhando o céu em uma noite fria de fevereiro. Então, não, Conrad não me deu flores ou chocolates. Ele me deu a lua e as estrelas. O infinito.

57

Ele bateu à porta uma vez.

— Sou eu — disse.

— Pode entrar.

Eu estava sentada na cama. Tinha colocado novamente o vestido. As pessoas logo chegariam.

Jeremiah abriu a porta. Ele usava a camisa de linho e a bermuda cáqui. Ainda não se barbeara, mas estava vestido, e o rosto não tinha qualquer marca ou hematoma. Entendi aquilo como um bom sinal.

Jere se sentou ao meu lado.

— Não dizem que dá azar ver a noiva antes do casamento? — perguntou.

Fui tomada por uma onda de alívio.

— Então vamos ter casamento?

— Bem, estou todo arrumado, e você também.

Ele me deu um beijo no rosto.

— Aliás, você está linda.

— Aonde você foi?

Ele se ajeitou na cama antes de responder:

— Eu só precisava de algum tempo pra pensar. Estou pronto.

Jeremiah se inclinou na minha direção e me beijou de novo, dessa vez nos lábios.

Recuei, perguntando:

— O que está acontecendo?

— Eu já disse, está tudo bem. Vamos nos casar, certo? Você ainda quer se casar?

Ele disse isso em um tom descontraído, mas percebi uma impaciência em sua voz que nunca tinha ouvido antes.

— Não podemos pelo menos conversar sobre o que aconteceu?

— Não quero falar sobre isso — disse Jeremiah, irritado. — Não quero nem pensar mais sobre isso.

— Mas eu quero falar sobre o que aconteceu. Preciso falar sobre tudo. Estava em pânico aqui, Jere. Você simplesmente foi embora. Eu nem sabia se você ia voltar.

— Estou aqui, não estou? Estou sempre aqui do seu lado.

Ele tentou me beijar de novo, mas dessa vez eu o afastei.

Jeremiah esfregou o queixo com força, então se levantou e começou a andar pelo quarto.

— Quero você inteira. Quero cada parte sua. Mas você ainda se afasta de mim.

— Do que você está falando? — perguntei, a voz aguda. — De sexo?

— Em parte. Mas é mais que isso. Não tenho seu coração por inteiro. Seja honesta. Estou certo, não estou?

— Não!

— Como acha que eu me sinto, sabendo que sou sua segunda opção? Sabendo que desde o início deveria ter sido vocês dois?

— Você não é minha segunda opção! É a primeira!

Jeremiah balançou a cabeça.

— Não, nunca serei o primeiro. Con sempre terá sido o primeiro. — Ele deu um tapa na parede. — Achei que conseguiria fazer isso, mas não consigo.

— Não consegue o quê? Se casar comigo? — Minha cabeça parecia girar, e comecei a falar rápido. — Tudo bem, talvez você esteja certo. Está tudo louco demais agora. Não vamos nos casar hoje. Vamos simplesmente morar juntos naquele apartamento. No apartamento de Gary, o que você queria. Tudo bem por mim. Podemos nos mudar no segundo semestre. Certo?

Ele não disse nada, por isso repeti a pergunta, cada vez mais em pânico.

— Certo, Jere?

— Não posso. Não a menos que você consiga me olhar agora... olhar nos meus olhos e dizer que não ama mais o Con.

SEMPRE TEREMOS O VERÃO

— Jere, eu amo *você*.

— Não é isso que estou perguntando. Sei que você me ama. O que estou perguntando é: você também ama o Conrad?

Eu queria responder que não. Abri a boca para dizer... Por que as palavras não saíam? Por que não conseguia dizer o que ele precisava ouvir? Seria tão fácil simplesmente falar aquilo de uma vez. Uma palavra, e tudo estaria resolvido. Ele queria perdoar e esquecer tudo aquilo. Eu via isso no rosto de Jere: tudo o que eu precisava fazer era dizer não. Ele ainda se casaria comigo. Se eu só dissesse a palavra certa. Uma palavra.

— Amo.

Jere arquejou. Ficamos nos encarando por um longo momento, então ele baixou a cabeça.

Eu me aproximei dele.

— Acho... acho que sempre vou amar Conrad um pouquinho. Ele sempre vai morar no meu coração. Mas não foi ele que eu escolhi. Escolhi você, Jeremiah.

Durante toda a minha vida, nunca senti que tinha escolha quando o assunto era Conrad. De repente eu percebi que isso não era verdade. Eu tive uma escolha. Escolhi não ficar com ele, antes e agora. Escolhi Jeremiah. Escolhi o cara que nunca me deixaria.

A cabeça dele ainda estava abaixada. Desejei que olhasse para mim, que acreditasse em mim só mais uma vez. Então, Jeremiah levantou a cabeça e falou:

— Não é o suficiente. Não quero só uma parte de você. Quero você por inteiro.

Meus olhos ficaram marejados.

Ele foi até minha penteadeira e pegou a carta de Susannah.

— Você ainda não leu a sua.

— Eu nem sabia se você ia voltar!

Ele passou os dedos pela borda do envelope, os olhos fixos no papel.

— Também recebi uma. Mas não era pra mim. Era pro Con. Minha mãe deve ter confundido os envelopes. Na carta, ela dizia... dizia que só tinha visto Con apaixonado uma vez. Por você. — Jeremiah me encarou. — Não vou ser o motivo pra vocês não ficarem juntos. Não serei sua desculpa. Você vai ter que resolver isso sozinha, ou nunca será capaz de esquecê-lo.

— Já esqueci — sussurrei.

Jeremiah balançou a cabeça.

— Não, você não esqueceu nada. Essa é a pior parte. Eu sabia que você ainda não tinha esquecido o Con, mas ainda assim a pedi em casamento. No fim, acho que também tenho parte da culpa, não é?

— Não.

Ele agiu como se não tivesse me ouvido.

— Ele vai decepcioná-la, porque é isso que ele faz. É quem ele é.

Eu me lembraria daquelas palavras pelo resto da vida. Lembraria de tudo que Jeremiah me disse naquele dia, no dia do nosso casamento. Lembraria das palavras e do modo como ele me olhou enquanto falava. Com pena, com amargura. Eu me odiei por ser a pessoa que o tornou amargo, porque isso era algo que Jere nunca fora.

Pousei a palma da minha mão em seu rosto. Ele poderia ter recuado, poderia ter se afastado do meu toque. Mas não fez isso. Só essa pequena reação me disse o que eu precisava saber — que Jere ainda era Jere e nada jamais mudaria isso.

— Eu ainda amo você — disse ele.

Pelo modo como falou, eu soube que, se eu quisesse, ele ainda se casaria comigo. Mesmo depois de tudo que tinha acontecido.

Há momentos na vida de toda garota cuja importância só entendemos tempos depois. Quando olhamos para trás, percebemos: *Esse foi um dos momentos que mudaram minha vida, aquelas bifurcações na estrada, e eu nem me dei conta. Eu não fazia ideia.* E há momentos que sabemos que são importantes. Que, seja o que for que façamos a seguir, haverá um impacto. Que a vida pode seguir entre duas direções. Fazer ou morrer.

Aquele era um desses momentos. Grande. Não dá para ser muito maior do que isso.

★ ★ ★

Acabou não chovendo naquele dia. Os caras da fraternidade de Jere — e meu irmão, por incrível que pareça — tinham levado mesas, cadeiras e vasos de flores para dentro sem nenhuma necessidade.

Outra coisa que não aconteceu naquele dia: Jeremiah e eu não nos casamos. Não teria sido certo. Para nenhum de nós dois. Às vezes, eu me pergunto se toda a nossa pressa em organizar aquele casamento não era uma forma de provarmos alguma coisa um para o outro, e talvez até para nós mesmos. Mas então concluo que não, a gente realmente se amava. Tínhamos mesmo as melhores intenções. Só não era — não éramos — para ser.

Alguns anos depois

Minha querida Belly,

Neste exato momento, estou imaginando você hoje, no dia do seu casamento, radiante e adorável, a noiva mais linda que já existiu.

Imagino você com uns trinta anos, uma mulher que já teve muitas e muitas aventuras e romances.

Eu a imagino se casando com um homem sério, forte e estável, um homem com olhos bondosos. Estou certa de que é um rapaz absolutamente maravilhoso, mesmo se o sobrenome dele não for Fisher! Rá.

Você sabe que eu não poderia amá-la mais mesmo se fosse minha filha biológica. Minha Belly, minha garotinha especial. Ver você crescer foi uma das grandes alegrias da minha vida.

Minha garota, que ansiava e desejava tantas coisas... uma gatinha chamada Margaret, patins nas cores do arco-íris, banhos de espuma comestível! Um garoto que a beijasse como Rhett beijava Scarlett. Espero que tenha encontrado o cara certo, querida.

Sejam felizes. Sejam bons um para o outro.

Todo o meu amor, sempre,

Susannah

★ ★ ★

Ah, Susannah. Se você pudesse nos ver agora.

Você estava errada sobre algumas coisas. Ainda não tenho trinta anos. Estou com vinte e três, quase vinte e quatro. Depois que eu e Jeremiah terminamos, ele voltou a morar na casa da fraternidade, e eu acabei indo mesmo morar com Anika. Fiz o penúltimo ano da faculdade no exterior. Fui para a Espanha, onde vivi mesmo uma porção de aventuras.

Foi lá que recebi a primeira carta dele. Foram cartas de verdade, escritas à mão, não e-mails. Não respondi a nenhuma delas, ao menos não a princípio. Mas as cartas continuaram a chegar, uma vez por mês, todo mês. Só fui vê-lo de novo um ano depois, na minha formatura da faculdade. E então eu simplesmente tive certeza.

Meu rapaz é gentil, bom e forte, exatamente como você disse, mas ele não me beija como Rhett beijava Scarlett. Ele me beija ainda melhor. E há outra coisa que você acertou. Ele tem, sim, o sobrenome Fisher.

Estou usando o vestido que minha mãe e eu escolhemos juntas — ele é marfim, com mangas raglã de renda e um decote nas costas. Meu cabelo — que nós duas passamos horas prendendo — está despencando do coque lateral, e longas mechas úmidas voam ao redor do meu rosto, enquanto saio em disparada para o carro embaixo de chuva. Há balões por toda parte. Estou descalça, segurando o paletó dele acima da cabeça. Ele segura meus sapatos de salto alto-mas-não--tão-alto, um em cada mão, e corre na minha frente para abrir a porta do carro.

Acabamos de nos casar.

— Tem certeza? — pergunta ele.

— Não — respondo, e entro.

Todos vão estar nos aguardando no salão de festas, não deveríamos deixá-los esperando. Por outro lado, eles vão mesmo esperar por nós para começar a festa. Temos que dançar a primeira música. "Stay", do Maurice Williams and the Zodiacs.

Olho pela janela do carro, e lá está Jere, do outro lado do gramado. Ele está com o braço ao redor da namorada, e nossos olhares se encontram. Ele me dá um breve aceno. Eu aceno de volta e sopro um beijo. Jere sorri e se vira para a namorada.

Conrad abre a porta do carro e se acomoda no assento do motorista. A camisa branca está ensopada e transparente, dá para ver sua pele. Ele está tremendo.

Conrad pega minha mão, entrelaça os dedos nos meus e leva aos lábios.

— Então, vamos. Já estamos molhados, mesmo.

Ele liga o carro e partimos. Seguimos para o mar. De mãos dadas o tempo todo. Quando chegamos lá, a praia está vazia, e estacionamos direto na areia. Ainda está chovendo muito.

Saio do carro, levanto a saia do vestido e grito:

— Pronto?

Ele enrola a bainha da calça e pega minha mão.

— Pronto.

Corremos para a água, tropeçando na areia, gritando e rindo feito crianças. No último segundo, ele me pega no colo e me carrega para dentro da água.

— Se ousar tentar me dar um caldo agora, vai pro fundo comigo — aviso, os braços grudados ao pescoço dele.

— Vou aonde quer que você vá — diz ele, e se atira na água comigo.

Esse é o nosso começo. Esse é o momento em que se torna real. Estamos casados. Somos o infinito. Conrad e eu. O primeiro garoto com quem eu dancei uma música lenta, o primeiro por quem chorei. O primeiro que amei.

Agradecimentos

Em primeiro lugar, meus mais sinceros agradecimentos a Emily Meehan, por seguir com este livro até o fim. Muito obrigada também a Julia Maguire, por não perder nada; a Lucy Ruth Cummins, por outra linda capa; a Justin Chanda e a Anne Zafian, por seu apoio constante; e a toda a equipe (fantástica, é sério) da S&S. Do comercial à produção editorial, ao marketing, à assessoria de imprensa... vocês são os melhores. Agradeço sempre a Emily van Beek e a Folio, minha família na Pippin, e também a Siobhan Vivian, minha primeira e melhor leitora.

CONHEÇA OUTROS TÍTULOS DA AUTORA

1ª edição	JANEIRO DE 2019
reimpressão	AGOSTO DE 2025
impressão	BARTIRA
papel de miolo	PÓLEN NATURAL 70 G/M²
papel de capa	CARTÃO SUPREMO ALTA ALVURA 250 G/M²
tipografia	BEMBO